catch

catch your eyes ; catch your heart ; catch your mind……

catch 159 玩具小家庭

繪圖‧文字 徐玫怡

責任編輯：繆沛倫 美術編輯：何萍萍
法律顧問：全理法律事務所董安丹律師
出版者：大塊文化出版股份有限公司
台北市105南京東路四段25號11樓
www.locuspublishing.com
讀者服務專線：0800-006689
TEL：(02) 87123898　FAX：(02) 87123897
郵撥帳號：18955675　戶名：大塊文化出版股份有限公司

總經銷：大和書報圖書股份有限公司
地址：台北縣五股工業區五工五路2號
TEL：(02) 89902588 (代表號)　FAX：(02) 22901658
製版：瑞豐實業股份有限公司
初版一刷：2010年1月
定價：新台幣250元
ISBN 978-986-213-158-9(平裝)
Printed in Taiwan

國家圖書館出版品預行編目資料

玩具小家庭 / 徐玫怡著
--初版--臺北市：大塊文化，2010.01
面：公分，-- (catch：159)

ISBN 978-986-213-158-9(平裝)

855　　　　　　　　98023697

狼狽的馴獸師媽媽

自從生了一個小孩之後，似乎就擁有了寫育兒書的特權。
但是，
我的兒子從出生那一天起就是屬於那種最難對付的小孩————
不想睡、不愛吃。

小孩出生後最重要的兩件大事，我兒子從來就沒有被我馴服過。
而我，手持馴獸棒的媽媽，
狼狽地揮舞著鞭子喊著各種口令，
小獅子早就溜到我的背後跳上我肩膀吼吼吼地叫著！
（觀眾還拍手說好可愛！）

我是個被打敗的媽媽啊！這幾年。
即使幸運地有了寫育兒書的特權，
我也寫不出有效管教的實用書籍，
要從我的書中獲得一些可以輕鬆養小孩的訣竅、秘方、技巧、原則、
方法……
我通通沒有。
如果有那麼一點點可以參考的，
那大概是怎樣在被打敗的狼狽中，
一邊擦乾眼淚一邊還可以幸福地發現育兒樂趣。

連續幾年我把這些「悽慘卻又帶著甜蜜的」育兒生活寫進部落格，
長期累積下來，竟然有讀者說：結集出書吧！很受用啊！
也有幾位編輯很熱情地來邀請我寫教養方面的主題……
但我畢竟沒有逾矩地以為在很多鼓勵和推動下我可以寫教養小孩的書，
從兒子成長過程的摸索中我深深體會到沒有一種育兒或是教養方式有其
絕對性。
我家經常就是在育兒妙方的絕對之外。
即使是我自己創造來對付兒子的方法，也不是每次都見效。

既然養小孩的方法沒有絕對性可以提供，
那我能做的，
當然就大方地寫下育兒生活中那些又慘又累又挫折的點滴。
至少給有相同經驗的媽媽一點同病相憐的撫慰。

這裡最主要是我這三年在媽媽寶寶雜誌中的專欄，
以及懷孕生產後至今四年多斷斷續續的生活紀錄。
穿插著和兒子互動的趣味漫畫
跟一些當媽媽後心念轉變的短文。
與大家分享。

meiyi

人物介紹

Papi
爺爺

Mamie
奶奶

公公
外型看起來像剃掉鬍子的聖誕老公公那般。行事一板一眼，只要他經手的東西一定是整齊的。去年退休，擔任村裡的總幹事，熱心公益。家裏多出來的麻煩事，也都由他去處理。比如家人車子零件有問題、任何帳單有誤差、電器用品、孫子玩具修理以及我被網路詐騙兩百歐元他帶我去警察局報案等等。家人都很尊敬公公，但是派給他的工作都是我們不想做的。

婆婆
非常注重生活美感，家居環境所有細節都處理得十分妥當。廚藝高超、重視擺盤裝飾，出菜常有大師之作。喜歡大聲播放流行音樂一邊作家事。
常常說自己是個很挑剔的女人，因此她必須要多逛街看新貨才買得到好東西。
雖然對物品很挑剔，但是對家人卻很體諒，寬容度很大。有點性急，經常趕著把事情做好才會安心。公婆很早婚，18歲就生了阿福，所以婆婆其實年紀不大，還很美麗，是個跟得上時代的熟女。

玟怡

媽媽
就是我，這本書的作者。
很喜歡做跟生活有關的創作，但事實上，真的用心在家庭生活的時候，卻是勞碌地無法讓人靜下來寫作。
在故鄉是個成熟精明、凡事有自己意見的女人，而在異鄉什麼都不懂，像個誤入叢林的小白兔那般驚慌。外出經常抓著兒子給我壯膽到處去辦事，一回到家又嫌兒子很吵不給我清靜！
媽媽的角色逐漸從吃重的幼兒照顧中轉變成傷神的兒童教養，異鄉生活也從小白兔慢慢成長為大白兔。生活、育兒是我永遠都做不完的功課，一切持續在摸索中。

阿福

小福

爸爸
有一種誰也無法影響的節奏，慢～吞吞。是個沒辦法邊走邊吃的人，因為走路是走路，吃飯是吃飯，他一次不能做兩件事。當他在做自己的事情時（比如只是看足球賽）就聽不到我們叫他的聲音。
兒子剛出生時不會逗嬰兒。手路很粗，給兒子擦鼻涕會擦得搓破皮，擦屁股還曾經拿錯擦馬桶磁磚有強烈清潔效果的清潔劑紙巾抹幼嫩的肛門！小福跟爸爸在一起玩的時候最瘋，會樂到最高點，但是爸爸常常不讓他，最後都鬧到兒子以哭收場。
看電視新聞時經常老成地皺眉搖頭，點出政治背後的詭計，看足球時又熱情純潔有如修習專門課程般還要作筆記。
自認為是個亦正亦邪的男人，不接受威脅，像電影動作片裡遊走黑白兩道在危險邊緣總能救人一命的瀟灑男主角。但，其實只是個平凡的睡覺打呼、放屁不臉紅的那種爸爸。

兒子
（要怎麼介紹我兒子呢？他每天都在轉變。現在寫的，搞不好下個月又不一樣了！）
目前四歲半，喜歡看複雜的小圖案，熱愛各種警告標誌、交通號誌、字母、數字。每天都有一段時間愛發瘋搞笑，尤其是越累的時候越愛抓狂地大笑。因為有這種個性，很難讓他乖乖上床睡覺。
出門在外很知分寸，是個害羞的男孩。很膽小，太冒險的事情都會考慮。有時候睡前會自動自發整理客廳，媽媽亂丟的遙控器都會幫忙收進抽屜。（但？為何不整理自己的玩具。）
媽媽找停車位的時候會幫忙觀前顧後看哪裡有空位。在家擔心媽媽煮開水忘記關瓦斯，出門怕媽媽迷路。非常喜歡有節奏感的音樂，近截稿的這一陣子，只要一上車就說要聽盧廣仲的吃早餐的CD。

玩具小家庭故事集
第 1 集：拍大頭照

小福出生之後一直都很忙，前兩個月沒安全感的小子是個名符其實的高需求寶寶。睡眠很淺、易受驚、要一直抱著走動才會睡著、睡著後一放到床上馬上就醒來繼續哭，不時喝奶又不時吐奶，喝奶喝到最後還會抓狂，折磨爸媽不分黑夜白晝……

因為前兩個月都忙著寶寶的照顧，到第三個月我們才認真地處理小福的身份證件。

為了幫寶寶辦理法國和台灣的護照，這一陣子我們花很多時間整理政府部門要求的證明文件。

在法國，同一件申請案跑三趟相關單位並不稀奇，跑五趟還缺一兩項文件那算正常。

就在我們一而再、再而三的跑市政府把所有的證件弄齊了之後，竟然最後還缺照片！

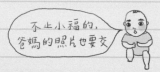

老實說照片在前幾趟就帶去了。
可是被打回票。

雖然說花個四歐元去超市拍個快照很快就可以把這件事解決，但現在的我絕對不能這麼做。因為你要知道一夜醒七次的媽媽眼神看起來有多麼想睡。黑眼圈天天掛在臉上就已經很醜了，那種躲在盒子裡面拍的三分鐘快照還會把人變得更醜，我才不要拿那種照片去登記！

所以我選擇使用數位相機可以在家裡一拍再拍。選一個最好看的表情然後再進電腦稍微調一下光線修飾疲憊的眼圈……

再一次帶相片去櫃臺繳交時，收件的女士又講話了：

「你們不可以用自己家裡的列印機印，因為品質不夠好會被上面的退件。」

不會啊！我家的列印機超好的，為何不行？
後來女士就挑剔地說，因為相紙太薄。
竟然跟相紙厚薄有關！
好吧！阿福為此又特地去買了一大包紙質最好的列印相紙，並更新了列印機的墨水匣，三個人的照片重新印好之後，我們又再跑一趟。
這一次，可惡！還是被退件。

「為什麼？品質，真實度，相紙厚度都很好啊？為何不行？」
阿福開始跟櫃臺女士據理力爭，畢竟我們花了很多時間搞出了滿專業的照片！
當孩子的爸和官僚系統下不知變通的辦事人員你來我往的過招之際，寶寶似乎開始不耐煩地一直在我懷裡唉唉叫，我感覺他的番勁已經快要爆發。
為了維持辦公廳裡的寧靜，我使出祕密餵奶的招數，神不知鬼不覺地在揹巾裡面將奶頭塞進小福的嘴裡。
由於做得太好太順了，小福吸吸之後就沈沈地睡去。
雖然小子哄睡了，老子卻非常不爽。因為辦理證件的女士硬是不接受我們有專業水準的

相片。
我們自認相片清晰真實，相紙厚度也夠，為何自家列印出來的相片就是不被接受！！！

從市政府出來，我們以今日事今日畢的態度立即去找證照專門的攝影店。

背著小福抵達相館的時候，小福睡得正熟
……

玩具小家庭

淺眠的小福此時怎麼叫都不醒！
說要來拍照竟然要拍的寶寶一直在睡！
人家的店裡有很多要沖印相片的人，老闆很
忙實在沒時間跟我們瞎耗。於是我們就不好
意思地說：抱歉，我們待會兒再來。
抱著小福走到外面，走了一小段路之後發現
他睡到打呼的狀態！

於是我就開始親他，想用溫柔的方式把小福
從睡夢中挖起來。但親了半天只看到寶寶露
出微笑，媽媽的親親只讓他做了好夢。

寶寶終於半開眼睛，我們立即趕回照相館。
可是這一走回去，寶寶又睡了！

換手一抱，小福果然被爸爸抱醒。
老闆果然靈活，一見機不可失，馬上變身攝
影師就位。趁著難以控制的寶寶還睜開眼睛
的時候，催促我們快進攝影棚站定位置。
怕兒子再度睡著，阿福速度很快地把小福抓
住擺在攝影機前。
但小福才兩個多月，頸子還不是很挺，攝影
師的閃光燈一亮，他半個臉都滑到吊帶褲裡
了。

沒想到今天會突然要拍大頭照，我給小福穿
得很隨便。不搭的吊帶褲和過大的body
內衣，小福今天好像裹著布袋出門一樣。
我一個箭步滑到寶寶的旁邊，趕快把吊帶褲
的扣子拆掉，讓他的頭可以完整的露出來，
並且在另一邊幫忙抓著寶寶的手臂。

「好，非常好，看這邊，拍了！」
攝影師老闆迅速閃了好幾張照片，小福也不甘示弱，閃光燈亮的同時從嘴巴溢出一大口奶！

擦完了嘴角的吐奶，小福終於發出微笑。

隨後我跟阿福也各自拍了一組照片。三個人的大頭照終於搞定了！

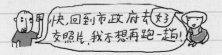

三人快步走到市政府時，發現已經过了辦公時間！！！

~fin~

玩具小家庭故事集
第 2 集：你看！聖誕節

第八個星期之後小福越來越會看東西，育兒的生活變得有趣多了，他們父子也更加相愛。

雖然小福開始會看東看西，不過我們也猜不準他到底在看什麼？

即將進入人生第五個月的小福遇上了聖誕佳節，他幼嫩的心靈根本還搞不清楚這世界到底是怎麼一回事時，他的阿嬤就非常努力地想為孫子的第一個聖誕節留下美好的印象。

由於佳節將近，法國各大賣場熱鬧地裝飾著大型聖誕樹來增加購物的氣氛，這些五光十色的裝飾通常是為了吸引小孩的注意力，希望因此帶來人潮。
商家策略奏效，果不其然，小福的阿嬤就帶著我們前去觀賞。

 PART 1

阿嬤很興奮地抱著孫子快步跑向大型聖誕樹區。。。

c'est jolie：漂亮，讚美美好事物。

PART2

阿嬤還是很興奮地指著小鹿吃大餐的電動玩偶……

於是，阿嬤只好自己找台階下。。。。

其實我這次也特別買了聖誕裝飾燈，因為這是搬新家後的第一個聖誕節，也是第一次「我們一家人」的聖誕節。希望這一年充滿過節的溫馨氣氛，所以我多買了幾串發亮的燈飾來佈置，又為了小福可以看得清楚，一切的裝飾小物都以紅白色系為主。

我挑選了一組窗簾燈，晶瑩的小燈泡像下雨一樣垂在整片窗戶上煞是美麗。但四個半月的寶寶欣賞的角度是什麼呢？

在法國鄉下，有許多人家努力地裝飾著自己住家的外觀增加歡樂氣息，即使鄉間的路上沒有幾輛車會經過，但這些人家仍努力為聖誕氣氛共襄盛舉。

小福的阿公阿嬤就是這種鄉鎮裡的熱心人家，他們每年都有新創意，花了不少錢買燈具。並且要花一整天（甚至更多天）把燈串固定在屋頂和樹梢上！

玩具小家庭

尤其今年，為了他們的小跳蚤又更加努力。

ma puce我的跳蚤，暱稱，意思跟小親親、心肝寶貝差不多。

這週末我們回公婆家就為了等到晚上天色變暗之後要一起走到戶外看屋外的裝飾，當時已經零下一度了……
大人穿起厚厚的外套圍上圍巾，把小福包得暖暖的，連姨婆姨丈公都加入觀賞聖誕氣氛的隊伍。
大家熱烈地從住家出發，一路發出幼稚的驚嘆聲想吸引小福的注意力。但是，搖搖晃晃加上暖呼呼的懷抱，小福終於還是照著他自己的節奏……
睡著了！

阿公今年又再度榮任村裡面的聖誕老公公。在聖誕節的前一週，村子裡將會提前舉辦聖誕晚會。到時候阿公會穿上全套的老公公聖誕服裝，從農具倉庫坐著農耕車出場，然後進入民眾活動中心為每個小朋友發禮物。

玩具家族因為小福的來臨生氣勃勃，聖誕節將擴大家族聚會。可想而知，我們將會收到很多來自長輩的禮物。

但，相對的，聖誕節禮物是互送的，收到禮物的我們也得準備很多禮物送給家人。
最不會買禮物又要帶小孩的我根本沒時間思考禮物的事啊，真糟糕～
只好趕快叫阿福想辦法。
而這種事情問他的意見，結果當然是很沒創意的……

~fin~

這一頁只有一個圖怎麼辦？

就給它空著！一定要填滿嗎？

下次改進就好。

玩具小家庭

玩具小家庭故事集
第3集：睡覺和吃飯

我們常常在星期天中午到公婆家用餐。
從我家到鄉下這段路大約有半小時。
平常不睡但是一上車就像吃了安眠藥一樣無
論如何都要去見周公的小福，總是在這一段
路上睡著。所以周日中午玩具家經常會出現
類似迎王爺的場面。

迎王爺？為何如此慎重？
這家人對小孩也太過分重視了吧？
哎呀，一言難盡。
我家小福從出生第一天就是個充滿警覺性的
小孩，稍有細微聲響或是環境氛圍變化，他
就會全身毛髮豎立般地警戒著。要他睡覺很
難，希望他睡得久一點也從不如我願。這個
高敏感度的小孩唯有在搖晃的車子裡面才能
完全放鬆地入睡。
所以每周日只要他一睡，我們就會非常珍惜
這難得的時刻，立即排出迎送隊伍把小王爺
迎到臥室睡覺，之後大家才能鬆一口氣接著
進行大人的活動。

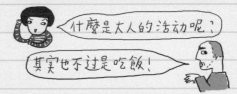

什麼是大人的活动呢？

其實也不过是吃飯！

法國人的吃飯時間一向慎重，全家一同上桌
一起開飯幾乎是齊家之基礎。

根據我在台湾
家裡的經驗……
台灣家庭當孩子還小、還在媽媽哺餵
階段的時候吃飯大多很隨意。
可以吃的人先吃，不能一起上桌的就
晚點吃，小孩子的事情先處理好，然
後大人則有先有後，各自自行解決用
餐。平常用餐時也不需要規矩地坐在
餐桌前團聚。

就因為「一起享受吃飯」對這家人如此重要，只要當小福進入睡眠狀態，玩具家庭馬上一片肅靜自動分成迎王爺隊伍，阿嬤抬轎、阿公閃避、阿爸開路，我則飛奔到臥室待小王爺成功抵達小床趴睡之後，再展開媽媽催眠手伺候，把他推進更深更深的夢鄉。

快，宝貝快
給我睡....
我們都還没吃飯呢！

嗯力
拍拍

期待
宝貝
快睡著

但，很多時候小王爺並不開恩。
平放上床的動作若是做得不順暢，小福就會驚慌地醒來，如此一來就前功盡棄。
但也有一種狀況是非醒非睡，感覺他快醒了不過還是有可能再入睡。這反而是最難的！
媽媽我只好隨侍在旁一直不斷地哄著.......哄著........通常，可以吃飯的時候大多已經超過中午兩點....
兩點了才....

終於開始大人的活動
Bon apetit

最幸運的狀況是睡眠佈局之後大人們能順利吃到甜點結束小福才醒來。
但這種時候畢竟不多，大部分的時刻總是充滿變數。

當我們把小福送上床小心翼翼地關了門留一小縫﹝怕全部關起來會有「卡」一聲，所以不敢全關﹞輕手輕腳回到飯桌拉開椅子坐下才攤開餐巾紙緩一口氣時，房間就傳來哇哇哇哇哇哇哇哇哇哇哇哇！哇哇！哇哇哇哇﹝共19個字，翻譯如下:

你們怎麼把我一個人留在房間！
討厭！我好可憐！

總是好不容易佈的局就這樣破了！
這時我得立即出動，為了讓一家人快點吃飯，趕快使出最高手段送上
最親愛的飲料
把小王爺灌醉，
不然開飯時間
遙遙無期。

認真
吸吸....

而大部分的情況通常都是大人已經開動，開開心心吃到一半的時候沈睡的寶寶突然醒來。
這方面我已經相當有經驗，也懂得做些準備工作來預防臨時任務。
所以不論我婆婆煮了什麼大餐，一旦分到盤子上我一定馬上在我的盤子裡將肉類切小口狀、蔬菜切小段，該加的醬料一次攪拌，佐餐的麵包撕成小塊一旁備用，排場先做好，之後就靜候小福王爺的呼喊。

玩具小家庭

第一回合總是由我先發。

一旦聽到哭聲我即趕往房間抱出睡醒的小王爺，接著抱上餐桌展開單手擒兒的用餐架式。

婆婆畢竟是帶過小孩的體貼的女人，她知道我這樣一邊餵小孩一邊吃飯並不是件輕鬆的事。她總是很上道地趁著我餵小福的時候快速把自己吃飽，然後以救援姿態從我手上接過小福安撫把玩。

我常因為婆婆的幫忙而吃得很盡興。

此時採用七爺八爺搖晃功夫，一趟麵包店之旅把寶寶搖睡了，回家剛好讓我跟阿福好好吃飯。

以上說的是週末才有的好事，其實平常的日子都只有我們一家三人。這時哄睡工作變成把拔的責任。

但是，有可能七爺八爺時睡得很沉，
一回到家從把拔的身上
卸下來的時候
又馬上清醒！！

沒關係，別慌！
這時就是把小福放在
我旁邊，我一手跟他玩，一手吃飯，
把拔則幫我切好一小口一小口，我再用叉子
來吃。

這樣也不錯，還是可以好好吃，只是有點不方便。

我照顧寶寶，你負責照顧我寶寶

好，好 Chérie 這道理我懂

如果把拔去上班，家裡只剩下我和小福，我跟寶寶纏鬥的方式就會變成一場誇張的表演。

你看！媽媽把麵麵放進微波爐

啊～噗！ 吃好玩

阿花

然後每個細節都是表演項目，........

拿出湯匙，張開嘴巴 啊 一口 吃下去！

在每個關鍵處不忘和唯一的觀眾互動以免對方失去注意力，........

我還要 吃掉 你的 鼻子

哈哈 賣力 演出

通常一場秀做下來我吃飽了也想睡了就把小福帶到床上換他吃奶，然後兩個一起昏睡....

~fin~

玩具小家庭

陪你玩個夠

「好，今天一定要認真地跟兒子玩」
我常常一早起來就這樣告訴自己。
像下定一個大決心一樣，
要一直不斷地收整自己的散漫。

因為若不好好陪玩，我自己也無法做事。
想上個網，
兒子馬上就攀上我的大腿來。
想回一封email，
兩隻小手也要跟著打鍵盤。
想打個電話，
在旁邊一直叫媽媽。
想看個影集，
一直遮住我的電視螢幕……
何況是需要靜下來寫文章或畫圖的正式工作，
在這種情況下根本都做不了。

為了想做一點自己的事情卻變成一直在責罵小孩，
這種生活真是煩死了。

你愛玩，好，你媽就陪你玩個夠。

來吧！

以前幾乎每天都是以單挑的氣魄準備迎戰。
現在好多了，
一星期有四天幼稚園，
所以只需要三天的戰鬥量。

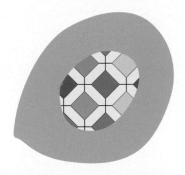

每次做一件事的時候我都會
不由自主地想
我有多少時間？
兒子剛好睡午覺或是去上學的時候
我有多少時間？

我有十五分鐘?
還是兩個小時?
有時候是看有多少時間而決定要做的事情

如果有十五分鐘
就晾衣服 摺衣服

如果有二十分鐘
就洗澡洗頭

三十分鐘的話
坐下來煮一杯咖啡上網什麼都不做

一個小時呢
擦地板整頓家務或把晚餐準備起來

兩個小時
可以坐下來思考寫作的內容
並且一邊燉湯

三個小時
很好
專心讓寫作的工作有進度

超過一個下午的時間
太好了
可以把零碎的想法整理好並確實完成工作
如果又沒工作可忙就更好了
拿來出門逛街與朋友聚會

大部分是時間長短決定我該做什麼
有時候想做的事情時間不夠就只能算了
有時候不想做的事情因為時間剛好
也只好算了，就做了吧！

［三個月］

今天好乖，怎麼都不吵我工作？

[五個月]

玩具小家庭故事集
第4集：學語言

小福出生之後我用中文跟他講話，爸爸用法文。

雖然我也會一點法文，但一直講不好，所以滿心期待著可以跟著我的寶寶一路成長，在他牙牙學語的過程中自己也順便把法文程度提升上來。

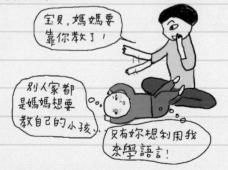

沒想到阿福也跟我一樣，在旁邊偷偷聽著我跟兒子講中文。他也想依賴耳濡目染法跟在小福旁邊，這樣就不需要用功努力，只要時間一到自然而然就可以講一整句的中文。

作父母的我們各自打著如意算盤，想要從日常的生活會話中不費吹灰之力一舉成功地掌握語言的精髓。

不過這種語言課可不是正規的，既沒教材又沒進度，學習內容生活化到……怎麼說呢？

有點……沒有學習的價值。

加上不分國界的，大人跟寶寶的對話都是一些愚蠢的語言，而且還故意用娃娃音講得很不標準。

小福已經滿六個月了，看樣子這種語言課到目前為止很難幫我加強基礎，我的法文程度還是停滯狀態。

但，跟我比起來，阿福學的中文就比我多一點，而且還算實用！

在我有意的引導下，阿福現在把大便、小便分得很清楚，並且也知道大、小的意思。

為了加強他相關句子的練習，只要遇上跟大小便有關的事情我都會不厭其煩的做出例句。

我的第一個高材生是爸爸阿福，他的所有課程都是從大小便開始，所有動詞、名詞、形容詞通通圍繞著屎尿打轉。

比如等了三天寶寶終於大便了。

由於我餵母奶又是直接讓寶寶吸，所以要知道小福吃得夠不夠都是看尿量或是便量足不足。每天我最重視的不外乎就是觀察尿布包的變化，於是也常出現這種句子：

阿嬤內心OS

而我真正的未來的高材生小福還在學習使用手指頭，他的嘴巴現在最重要的功能是用來舔所有手指頭能夠抓來的東西。

最近我發現小福的阿嬤也偷偷在灌輸寶寶實用的字眼。

還有，
咬 我也喜歡

這位寶寶心情好的
時候會發表個人意
見，內容說的是什麼?
我們都不知道，但是他講得
非常好，常常逗得大人高興不已，甚至大人
們都忍不住學寶寶的語言與他對話。

阿噗.....*口@
@嘿布.....

阿噗...
黑噗....

阿噗...
"黑不

啊啊...
噗噗布

嘿布嘿噗...

應該是我們嬰兒跟你們大人學
不是嗎?
你們幹嘛學我的語言呀!

噗

~fin~

玩具小家庭

玩具小家庭故事集
第 **5** 集：媽媽的LOOK

我一直不想承認當媽媽之後就變成另一個樣子，但是現在不承認也不行了！
首先，生產完肚子才沒有想像中那麼快可以消回去。

是誰說餵母奶瘦得快！我怎麼都沒感覺

mama的肉肉好好摸....

餵母奶可以讓媽媽自然減肥的方法在我身上無效，那是不是還有別的方式呢？
前三個月我推說是因為剖腹生產的緣故，醫生說三個月內最好不要做腹部的運動，以免受傷。

但是！三個月之後呢？

奇怪！怎麼還是有五個月的感覺？

三個月之後妳就要運動啦！

我當然知道要運動。
可是我家寶寶小福，這位小朋友先生晚上睡覺從沒能一覺到天亮，夜奶需索無度，七、八個月來我已經被他整慘了，晚上根本無法好睡，白天還能清醒煮飯洗衣就不錯了！
叫我運動？？！！
恢復曼妙身材？？！！！
喔那不如直接說要對我酷刑比較快！

所以運動這種優良積極健康的減肥方式我聽起來很刺耳。而且忍不住憤世嫉俗地反對！

抱小孩就很運動了！

你還要我怎樣！

喂！

小心

動一個不停

摔下去

沒錯！我依然嘴硬。

誰要回到小姐的樣子啊？生小孩之後我的生命就已經改變了，該變的就是要變，這是天下第一自然的事情，為何要把自己弄得像是沒生過小孩呢？

媽媽的身材又不羞恥幹嘛要塑身塑回乾巴巴的青春少女體型？？！！

所以我堅持要吃就吃，也不運動（說明：餵母奶的階段媽媽搞什麼節食呀，那是在餓孩子的肚子。另外再強調一次！抱小孩又要跟小孩玩這就很運動了....）。

當然偶而也會裝可愛地問問把拔....

生產完之後有一段時間還是穿著孕婦的褲子，以前的褲子都穿不下了。想出門去買......算了，帶著寶寶很難出門，即使出門逛一下，也不能像以前一樣盡情逛街盡情試穿，總是看不了多久就要趕快回家，什麼衣服也買不到。

所以我開始感同身受地體諒那些看起來沒打扮的媽媽。

以下要特別放大字體來標示，為媽媽吐一口胸中怨氣！

我以前眼光太狹窄了，以為媽媽不打扮是「放棄自我」，拜託！那是小姐嬌滴滴的觀點吧！媽媽沒有放棄小孩，以愛心，而打扮讓你們好好長大你們就要慶幸了，還敢回頭來教育媽媽們的外表！！！

正值襁褓時期的寶寶常常沒事就給你來個吐奶流口水，餵副食品也會給你搞在袖子、頭髮上，和寶寶在一起什麼衣服都會被沾到，穿太漂亮是自找麻煩。所以身上的衣服最好是選擇質料隨時可以丟進洗衣機，被吐到身上也不心疼的那種。而那種衣服差不多都是舊衣服，白天可以穿去菜市場，晚上躺下來不介意的話也可以當成睡衣。

衣服講完再說髮型。

提到頭髮，為了生產之後易於清洗吹乾以及照顧嬰兒時能保持清潔，我已經有先見之明剪短了，但是幾個月之後長長竟然沒時間去剪，於是又變長了！

而且從第四個月開始我出現了產後掉髮，掉的量可真是不可思議的多！

只要看地上的頭髮落在哪裡就知道我在哪裡待的時間比較久。

但是從第七個月開始頭髮又一一冒出來，新頭髮發芽一樣地在頭皮中竄出，跟舊的頭髮分成了兩層。
說了這麼多，不如讓我把這個LOOK畫出來。

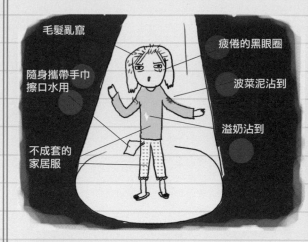

現在小福越來越好動，嘴巴對什麼都有興趣，只要一抱起來就是要親我，不，是吃我！
我的臉頰常常被舔，所以我的臉上也完全沒有脂粉了。

好吧！這是我的look，不是所有媽媽都是這樣。但是我一點也不羨慕塑身火辣，一點也不想穿得嬌貴美艷，

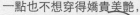

在育兒的非常時期我喜歡自然而然發展出來
的媽媽的樣子。簡單的、乾淨的、可以容許
孩子隨時撲上來的裝扮，肥嫩的、強壯的、
可以供給孩子溫暖安睡的身軀，這樣的
LOOK哪裡會不好看？
那是媽媽的模樣，孩子眼中最美的樣子啊！

~fin~

玩具小家庭故事集
第6集：不識貨的傢伙

我家小福是一個不識貨的傢伙，我發現大人為他準備的好東西，通常他都不怎麼欣賞。從他一出生開始就是這副德行，我們特別去挑、精心去買的東西他不是沒有看在眼裡就是用起來不適合。

在小福尚未出生之前，我聽了很多有經驗的媽媽說要先準備好安撫奶嘴以防寶寶有吮吸需求的時候可以適時給予。

希望寶寶來到人間能充滿愉快的感受……

我要挑好一點的……

哪一個比較好……

走訪各家寶寶用品店，花了很多時間比較各家奶嘴的質感、形狀，期待著寶寶一含到就充滿歡喜……

剛出生前幾天……

這是什麼鬼東西？

45秒試吃……

結果

給我吃真的！

滾

這幾個月中我找到機會就不斷嘗試，希望他能接受奶嘴的安撫，讓他至少有時候像別的寶寶一樣吸吸安撫奶嘴自得其樂一下，也讓我有稍許時間可以休息喝杯茶。

可是，這傢伙……

呸！我不要

可惡！我還買比較貴的ㄋㄟ！

不過最近有稍微會「玩」一下奶嘴，當成玩具一樣，

啃著相反方向……

幸好有當成玩具，稍有救本了……

真欣慰

最近這兩個月，我也給小福添加配方奶，此舉的出發點是為了讓他的爺爺奶奶有機會捧著奶瓶回味哺乳的樂趣，為此，我當然精選了可愛奶瓶，最重要的還要奶嘴形狀像乳頭，聽大家討論說這種形狀的奶嘴寶寶接受度比較高。

結果……

他好像不喝耶，是不是奶嘴不好吸？

本人嚴選的奶瓶，不給個面子……

可能還不適應奶瓶吧？

挫折的奶奶

試了兩三星期，小福金孫就是愛喝不喝的樣子，吸一吸奶瓶很快就一副不耐煩想要甩開的神情。
於是我又去找了圓形奶嘴，這一回就稍微好多了，吸奶量有稍微增加。

有名的牌子
喝 20-40ml

看起質感好
喝 40-80ml

看起來品質比較好的兩個奶瓶
結果其實都不怎麼樣……

有一天我看到一個三角形的奶瓶覺得很便宜又可愛就買下來，雖然它的奶嘴
看起來質感不是很高級，
用手壓一壓也不結實。

只因為是三角推型而買

沒想到小福一吸到這個新奶瓶，

喝 120 了，太棒了

我就是喜歡這種便宜貨嘛！
媽媽，你們太搞剛了！

邊喝邊踢腳……

大人們一起

鼓掌！

除奶嘴之外，這兩個月中，我們母子也開始嘗試進行副食品，為了副食品一事，我買過三種湯匙，雖然他都會吃但是也經常吃兩口

就不再賞光，但是有一天他爸爸帶回一盒微
波食物，盒子裡附贈一個小湯匙，老實說就
是用一次可以丟掉的那種塑膠湯匙，誰知我
拿起這支湯匙來餵他時，他竟然多吃了好幾
口！

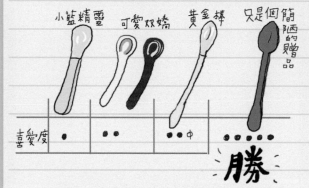

小藍精靈　可愛双嬌　黃金棒　只是個簡陋的贈品

喜愛度　●　●●　●●中　●●●●　勝

奶嘴、湯匙還只是花小錢的東西，
有幾件花大錢的物件，也是被這傢伙挑剔得
要命。
比如我精心挑選的「三輪慢跑型、舒適感十
足」的推車。當初就是覺得有些推車座椅的
椅背不夠斜，寶寶坐久了會不舒服，所以特
別挑了傾斜度舒適的推車，但是沒想這位少
爺不是少爺身，　而是吃苦耐勞的長工所偽
裝，每次一坐上推車，本性立即顯露，怎麼
都不願意躺下來！

躺下來，躺下！
比較舒服！

不要，我就是要這樣！

媽，多想躺下來唷～

同樣的，為了安全座椅，我們也是既挑選又
比較，選擇了舒適安全又有點貴的那種。
（但））））

我就是不躺下！怎樣！

躺！給我躺下！

你不躺，我沒辦法好好繫上安全帶！

之前雖然都有一些玩具陪伴著他，但是最近
我發現，玩具根本不是他的最愛，他最愛的
都是那些不是玩具的玩具。
比如：
1.一張紙
2.一張紙揉成一團
　（同樣的東西但是可以變成兩種玩具）
3.一支牙刷
4.隨便的塑膠袋

5.大人身上的拉鍊
6.各種帶子線頭有打結的
7.裝玩具的袋子（不是裡面的玩具）…不勝枚舉，總之只要不是玩具，他就喜歡。

所以我現在打算可以不用為了兒子而特地買什麼昂貴的玩具，也不必挑什麼質感高級的東西。這小孩不識貨，多準備什麼東西只是多浪費心思而已！

~fin~

困擾的小事

下樓去買一包麵粉吧
這樣的事情
說來簡單
但是帶著小孩的媽媽
有很多難關

要出去
小孩的衣服要稍微穿整齊一點
至少穿個襪子穿上鞋子
但是正在玩得起勁的小福怎樣都不跟我出去
而
我又不能留他一人在家
即使五分鐘也是違法的
不違法也很危險
只好東扯西扯用有趣的、恐嚇的等等勸說跟媽媽一起出門

出門前換褲子
他給我全部衣服都脫掉
好不容易把滑溜溜的人追回來
把衣服都穿好了之後
又說要小便
小便弄好
穿鞋子時又說想要大便
大便的時候要看書
媽媽我不要這一本
我要那一本
那一本看到巴布建築師的DVD廣告頁
又說媽媽我要看巴布
我說不行要出門了
媽媽的鑰匙給你開門
騙到門口協助他開門
進電梯還拖拖拉拉
一到樓下
看到隔壁貓咪
要追要摸
終於走到車子旁邊
要上車安置到安全座椅再度一番拉扯

坐好之後
前往超市
車子停好

下車容易一些
進超市之後
如果看到投幣玩具機
我又走不了了
只好跟著耗時間
堅持不買一兩歐圓的劣質玩具
就要花很多心血
乾脆投一個硬幣
以粗糙的塑膠小車換我可以順利進入超市購物

進超市
要買什麼就趕快拿
不然時間一久
麻煩又來
買完
又重複上車的搏鬥

車子返家後想上樓
不是得展開勸誡引誘哄騙恐嚇
就是豁出去了
老娘跟你在樓下耗時間
看你要摸狗追貓撿石頭摘野花
我坐在石頭椅子上等
你叫媽媽來
我就呼喊一下
你說媽媽看
我就說好棒
直到願意回家
但是幾乎沒有一次如媽媽的願

所以
那種
我下車領一下錢
出去買個麵包
這種五分鐘就可以搞定的事情
其實我都要弄很久啊

早上，如果想賴床，
就會被抓成
大花臉。

[四個月]

[五個月]

玩具小家庭故事集
第7集： 抱怨

這是一個非常現實又真實的情況。
當家裡有了小孩之後，做媽的我們一方面享受著有小孩的樂趣，但…… 一方面總是忍不住抱怨…

爸爸洗完澡出來……

啊! 舒服!

嘀咕……

男人真是好命……
要洗澡就洗澡
要大便就大便!

女人總是先想到小孩有沒有安排好，小孩妥貼了，才會想到自己兩天沒大號了!

女人默默累積怨恨……

平常這些小小不滿的嘀咕其實還不算嚴重，偶爾可以被男人的某些良好行為所化解。

其实他每天都很按時倒垃圾

出門也都是他在開車……

算是個敦厚的人

算了，別生他的氣了!

但是只要有一次男人不小心在我們照顧小孩感到疲倦情緒不好的時候觸到地雷，只要小小的觸到那易燃的引線……所有不滿的嘀咕就會像聽到了緊急集合的哨音一般，全部快速集合在一起成為爆發力十足的火藥……

狀況：
小孩在吵、鍋子正熱、他爸的球賽才開始……

火 火
你不能顧一下宝宝嗎？就在你旁边，哄一下不会嗎？
難道我要煮飯還要顧小孩？給你那麼好命啊？這幾個月來你有主動做什麼嗎？小孩出生前要你看「準爸爸須知」你從來沒翻開，出生後……（接下來就是舊帳重新數落一次）

宝宝又沒番多久！才正要吹……妳就爆出來……
女人喔……

然而，男人也有他的抱怨。

以前他回到家洗個澡喝罐啤酒加上悠閒地在客廳抽根煙然後等吃晚飯，這種好日子已經遠離！現在一回到家得要忙著逗寶寶，有時候還被要求幫寶寶洗澡，如果做得不好不貼女人心意，女人會怨恨地故意煮他不喜歡吃的晚餐！

以往兩人世界的時候原本舒舒服服親親蜜蜜的晚餐時間，現在常常都是自己一人默默地吃著。

一個人
晚上
宝宝要按時上床睡覺，我吃很快……先陪孩子去了！

吃完飯還得一人孤寂地收拾餐桌、清理麵包屑。連睡前抽一根短短的小煙都被要求站在陽台外面不能把煙味留在室內。…而……最重要的是……

那方面的事……已經大大減少到令人傷心的程度！

雖然父母雙方都很愛這位小寶寶，也經常為自己的人生所出現的新轉變感動著，但是加入了第三個家庭成員之後，男人女人的EQ出現前所未有的考驗，不得不強迫自己進入情緒管理的高級班，生活得要重新安排，個人價值也需另外調整。

不甩对方的感受 对自己反而没有一點好處，只会互相伤害！

> 嘿！我們應該彼此体諒.

> 啊 那…… 今天晚上…… 那方面…… 是否？？

> 拍

還有，別忘記家裡的第三個成員，他年紀雖小，但也有他一肚子的抱怨。

> 以前在肚子天堂的時候，我的手腳稍為動一下，妳就會摸摸我。如果爸爸在你們就會圍過來一起摸摸我，還會跟我講話……

> 為何現在都要我自己玩？自己睡？？

說得也是，以前寶寶在肚子裡時，我們時時刻刻期待著胎動，寶寶動越多越高興，不動的時候還會故意推他一把，要他快快醒來跟大人玩！
現在把人家生出來了，作父母的我們反而希望他乖乖安靜，前後不一的態度對寶寶來說真是差太多了。他們如約衝出肚皮來與父母見面，而做爸媽的竟然沒有兌現應有的熱情！
難怪寶寶也忍不住抱怨。

> 每個人都有抱怨喔！要自己化解。

> 我看這一句是在勸自己吧！

> 來！啊，吃一口……

> 你還是要學會自己一個人乖乖玩，這樣才能適應這世界。

> 太任性不行，媽媽再有耐性也會受不了…

> 已經開始嘮叨了嗎？

> ←OS.是誰啊？

話雖這樣說，全家最有資格抱怨的還是媽媽！
生也是媽媽痛、養也是媽媽累，睡是媽媽最少，吃是媽媽最快，看不見成就的事情媽媽做最多，為了讓整個家能順利運轉……

玩具小家庭故事集
第8集：正式的服裝

前一陣子我們一家人為了參加親戚的婚禮傷透了腦筋，因為在這種正式的場合我們不知道要穿什麼才好？

表弟邀我担任他教堂典禮的見証人所以我不得不穿正式的西裝！

真傷腦筋

把拔阿福翻遍衣櫥也只有T-shirt和牛仔褲，加上我懷孕那段時間他莫名其妙地跟著我發胖，之後肚子就一直沒辦法收回去，也因此終於不能再以十幾年前那一套退流行的西裝應景了。

Cest pas vrai!

這不是真的吧！

扣扣褲，怎樣也扣不上

麻煩妳去逛看看有沒有适合我的西裝！

把拔凸凸肚子

好叼叼！

太好了，終於可以摸掉那一套八零年代款式的西裝。

接著是另一個麻煩的小男人！
婚禮前三個月，婆婆就一直叮嚀我要給小福穿得很漂亮，因為這是她第一次在所有的親友面前秀出她的愛孫，她滿懷著獻寶之心，希望孫子在眾人面前可愛到爆！

你已經很可愛了呀！

平常那些衣服選兩套燙一燙平整來穿就很帥了，不是嗎？婆婆的要求是……究竟要穿到什麼程度？

婚禮地點在西北方的布列塔尼(Bretagne)，那一區即使夏天還是濕冷。因此我得要準備厚一點的衣服。但是已經六月了，此時商店都換成夏季新品了，要去哪裡找可以禦寒又可以上親友星光大道的裝扮？

為了家裡男人的造型，全職主婦的我不辭辛勞帶著孩子快速地走遍土魯斯市中心的各大服裝名店。

快！

趕在小福不耐煩、以及下班人潮出現之前回到家

〈極速推車〉

帶小孩出門時的包包已經不可以秀氣了。
裡面全部都是好用且必備的武器。
帶小孩出門一定得裝備齊全呀！

親子逛街袋內容↓

爸爸遙控

手機

小鞋子

萬一食冷…

午餐

尿布

水

咖啡尿布

玩具

濕紙巾

史

鑰匙

攜帶式

萬一時不坐推車

清潔用品

飲食配備

一時，突然懷念起自己一人悠閒逛街的那時光……

老男人部分比較容易解決，首先把價格太貴的、店面高級逼人的那些都略過，因為把拔是絕對不願意為一套十年穿不到三次的西裝付那麼多錢的，

至於高級逼人的店面氣氛跟身上只穿T-shirt的阿福壓根不搭調，以前應我要求走進去瞧兩眼，他老兄都會在心裡暗罵「X」字。

查甫郎穿那麼水要衝喔！?！

XX！

妳自己逛，我去外面等！

所以我為他選了某B牌的過季特價西裝，我猜他一看到「特價」應該就會覺得十年穿三次還算OK。

不錯！價格和剪裁都很好．

你哪裡懂剪裁？只是把你的肚子掩飾的很好，罷了……

至於小福的服裝首先我買了一條米色褲子以及一件同色系的背心，加上之前他有的白色襯衫。

玩具小家庭

這樣夠正式
又可愛了吧？

但是外套、襪子、鞋子在哪裡？

一切都要配成套呀！
…求好心切…

還缺一頂帽子！

一到布列塔尼我要幫他買一頂當地的傳統小帽帽給我的小心肝！

← 阿嬤也是小福頭号粉絲

就是這一頂啦！

於是婆婆特別挑了一天陪我去逛兒童服裝，那天為了一件可愛的海軍藍雙排釦外套，我們竟然重新買了褲子襪子鞋子並且考慮到天氣陰晴不定寒熱無法預測
而買了兩套來應付！

跟婆婆去逛街都很豪氣！太貴的還幫我們付錢！

我看，我嫁給婆婆可能比較幸福……

最後就是我了！ 我要穿什麼呢？

Bonjour

台灣來的

我可不能太草率，不然会像外籍傭人

我的顧慮是到底要穿什麼才可以又稱頭又能夠同時兼顧照顧小孩，什麼衣服能方便寶寶抱起抱下，能蹲能站、能跑能跳、能性感又賢淑、能餵奶又大方？？？？？

終於輪到我要置裝，但是做媽媽的哪裡有那麼多閒情逸致在那裡慢慢看！
我猜我只花了一個半小時就買齊了全身的裝備，包括鞋子！

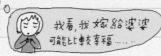

速度奇快迅雷不及掩耳地挑選試穿刷卡當
中，我同時認清了一個事實-----
我已經從S尺寸進階到M比例了。
衣服很好看，但我已經是屬於M號的人了！

~fin~

爸爸阿福

阿福不是那種很主動照顧小孩的爸爸，
就是因為他是被動的，
所以無論什麼事情他都會聽我的看法。

他自己吃飽睡好，準時上班。
寶寶的事我是第一負責人，
我要他不必張羅不必費心，自己顧好自己的狀況，
高高興興的當一個爸爸就好。

那是因為第一個月我們曾經激烈的爭執，
我曾經以為男人都會很進入狀況地馬上像個爸爸，
馬上撐起父親的肩膀。
但是第一個月的阿福完全不知道如何當爸爸，就連當爸爸的熱切之心他
都不知如何燃起？

在第一個月感到失望的時候我就決定不讓自己陷在「被他人無意間的影
響而情緒惡劣」的情況中。
我不要再抱怨他在我懷孕那段時間根本不願意翻開「準爸爸須知」、「
給新爸爸的建議」那一類的文章，我也不要抱怨兒子哭的時候他沒有比
我更快從床上跳起來。
他就是不懂，他就是還沒有當爸爸的那根神經。

很快地認清事實，我告訴自己：
「這個爸爸不是育兒型的，我家爸爸根本不好用。那不如我就以單親媽
媽的心態來帶小孩！就這樣吧！」

第一個月對阿福的失望轉了一個積極的方向，
這樣想了之後，就開懷了，產後憂鬱馬上消失。
因為我還比真正的單親媽媽多個男人可以出門賺錢幫忙倒垃圾之類的，
這樣還不好嗎？

我熱切地照顧著寶寶，每天。
初時不知道怎麼當媽媽，嬰兒才出生沒幾天，我並不認識我的孩子。坐
月子期間幾乎沒睡，在初生兒的哭啼索乳中，我抱著寶寶看書、上網
看資料，專心一意地要讓我的孩子對這世界有愉快的印象，我希望他很
快感到安全。
然後。
第二個月、第三個月，我覺得站在兒子身邊的爸爸，
那個我有點失望的爸爸，他悄悄改變了。

他試著找到自己的位置。
一個家庭的分配應該如何？他自己應該站在哪裡？
不然兒子跟媽媽玩得那麼融洽，他很被孤立呀！

我猜想他雖然不會帶小孩，但是也有點苦惱地琢磨著，
自己應該當什麼樣的爸爸才好？

記得以前他跟我說過，他小時候是個很固執不聽話的孩子。每次都把自
己的媽媽弄到抓狂甚至哭泣。每當媽媽受不了的時候，就會看到他的爸
爸遠遠地走過來「拯救媽媽」，他的爸爸會在媽媽快氣炸的時候威風凜
凜地過來制服他這個頑劣的兒子。用眼神、用耳光、用懲罰來幫媽媽馴
服眼前的惡童。
所以阿福心中爸爸的形象是那個遠遠走過來救媽媽的人。

阿福對自己身份的摸索很自然地尋著他爸爸過去的行為模式。
所以，他告訴自己，在家裏他分配到的位置是————
「救媽媽」的人。

定位好自己的角色之後，阿福的確慢慢改變。

我喊累的時候他知道自己該從我的手上把兒子抱走，
抱出去散步、抱著聊天、抱著享受他們獨有的父子時光。

因為媽媽累了就該輪到爸爸出手。

阿福揹小福一起出門買麵包、阿福抱小福一起玩、阿福提著安全座椅仔
細的把小福安置在汽車裡、小福一起床就看著爸爸笑、小福認真的看著
爸爸刷牙⋯⋯⋯
這些畫面，都是我感到幸福的片段。
不僅是看著家裏兩個男人相處融洽，
另一種幸福是因為我感到自己被拯救！

我喜歡跟我一起生活的家人都能在我身邊過得很舒服。
有了小孩也一樣，
阿福也要過得很好，不要灰頭土臉的。
所以，從小孩出生到現在，我不需要阿福為了寶寶半夜哭鬧而起床，
一次都不必！
我起來應付就可以，三個人都安心。

我怕他會覺得同為父母這樣對我不公平，我擔心他暗暗自責。
當然我也猜測他會習以為常，以為晚上哄兒子睡覺都是媽媽該做的。
所以就跟他說：
「你要睡飽，晚上小福哭鬧的事情我會照顧。你不用起來，你負責賺錢
和處理文件，這兩件事我在法國都不能做，只能靠你了。」
是的，我得要發出期待救援的訊息，
幫不是育兒型的爸爸設定他的工作項目。
並且提醒他，他每天睡覺的時候我都在照顧孩子，這一點可別忘了！

所以這兩件事他做得很好，還多做了收拾碗盤、丟尿布、買菜以及對我
早晚的關切。

記得第一個月的時候他一副自暴自棄的跟我說：
「我又不會照顧嬰兒！」
我們彼此沈默了好幾個小時。
那一天我把寶寶洗淨餵飽哄睡之後，躺在床上我跟他說：
「你如果不會照顧寶寶，那你，可不可以照顧我？」

我想，大概是那一天之後，
我們三人之間逐漸產生和諧，
父親跟母親的位置在那句話之後建立出來。

我照顧孩子，他照顧我。

我家寶寶真的很容易被
吵醒.....

不過去上個廁所，兒子又醒了......

[十個月]

玩具小家庭故事集
第9集：我的**無痛分娩**（上）

寶寶出生已經快一年了，我幾乎都沒提到自己的生產過程。為什麼？我想是因為我不知該如何描述一個「好像不會痛」的生產。

真的！

妳懷疑我有超人體質？
我也懷疑我生小孩的那一天彷彿一場夢！
我竟然錯失體驗傳說中的天下第一痛，小孩就蹦出來了！
那一天早上，並不是陣痛讓我們趕到診所，是羊水先破。

我就像所有羊水破掉的產婦一般，起床，意料中的慌張地抓到一條毛巾先夾在大腿間，走到廁所確認一下是不是無色無味的羊水，確定後到浴室洗一個澡……

隨便沖沖洗洗，並沒有照計畫中洗頭就趕快把衣服穿好。

我一邊為自己煮熱騰騰的紅糖薑水裝在熱水瓶裡，一邊把阿福挖起床。

兩個人在家搞了兩、三小時，出發後還順路去寄信、還DVD之類的，到了診所被助產醫師念了一頓。

怎麼那晚才來？！！胎兒會有缺氧的危險！

因為她都沒叫痛....就想說事情弄好再來生....

不是慢慢來就可以嗎？

一開始我被安排到一個小小的檢查室。
一個好漂亮的小護士來幫我安置檢查儀器，並且睜著她細緻明亮的藍色眼珠頻頻問我：
會痛嗎？會痛嗎？會痛嗎？
可是我真的只感到熱熱的羊水流出身體，一絲絲的痛也沒有。
後來我的醫生出現了，立即發出以下命令。

移到待產房，打催生劑！

← 醫生不知剛從哪個沙灘度假回來？還看得出太陽眼鏡的痕跡！

助產士立即出現幫我注射催生劑，隨著催生的指數愈高，我逐漸的感到有一種經痛的痛。

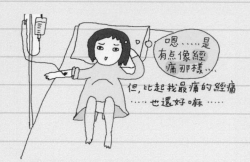

嗯.....是有點像經痛那樣...

但，比起我最痛的經痛.....也還好嘛.....

此時阿福一副慎重貌隨侍在旁，也頻頻問我：

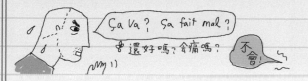

Ça va? Ça fait mal?
還好嗎？會痛嗎？

不會！

其實我真的很想演「痛死了，都是你害的」這種可以獲得男人憐愛的戲碼，但，畢竟生產過程才剛開始，而且，才一點點經痛的感覺，我真的演不出痛苦的表情。

阿福在一旁服侍了三個小時沒事可做，只能看著護士、助產士走來走去。問我有沒有什麼感覺，我都說還好。看著規律的心電圖、平坦的陣痛表，午飯時間一分一秒地流逝，飢餓感在待產的房間裡襲擊著即將擔任新爸爸的阿福。不耐飢餓的他想說乾脆去吃飯吃個飽，然後再來應付接下來的盛大場面！

於是，待產房剩下我一人和藍眼珠小護士。

由於催生劑的大力催促，我的陣痛愈來愈明顯，頻繁度也增高。
就在阿福離開之後我感到接踵而來的陣痛是屬於比較嚴重的經痛的等級。
好心又漂亮的護士看我面色凝重，每隔十分鐘就問我一次：

充滿同情心的雙眼

會痛嗎？妳已經開到三指半了，要不要請麻醉師來呢？

是不是已經很痛而我卻不自知……

護士問得我對自己的感覺失去信心……

因為她實在問得太多次了，讓我懷疑她是不是在暗示我此時趕快找麻醉師比較好？
「如果現在打無痛針，我怕到最後一刻真的要生的時候藥效消失……」我用我殘破的法文詢問著。
但小護士馬上搖頭：「不，藥效消失了你可以要求再打呀！別擔心，打幾次都沒有限制的。」

啊！原來不止可以打一次…

那誰還要痛呢？

好！那麻煩請麻醉師來.

當然，這也是我生產過程中比較痛的階段，此時如果要演「痛到無法言語表情扭曲」的橋段來獲得男人心急地呵護，我想我可以表現得還不錯。
但！可惡的是！男人不在身邊！

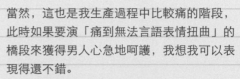

我要吃飽一点……

听說第一胎都生很久……重頭戲在後頭……

男人呵！總是对自己太好…

搖頭

很多人都說打過無痛針之後，彷彿掉進天堂。我因為沒有地獄可比較，所以只感到一切又恢復正常。
我像沒事人躺在待產房。

阿福飽食後回來，我很想唸他一頓，但因為之前就不很地獄痛，生產時不夠痛似乎少了罵人的理直氣壯！
我抱怨了一下自己獨自應付麻醉師的場面後，兩人就有一搭沒一搭地聊起天來。

「你會不會很想睡？午飯吃那麼飽一定會想睡的，這邊給你躺。」我問。
阿福觀察了一下周圍說：「不好意思睡，醫生護士走來走去，不太好。」
「床那麼大，你躺一下又不會怎樣！」
看，我還有心思體貼阿福睡午覺，可見「痛」這個字根本還離我很遠！

咦～～難不成，我產道都沒有開？所以不會痛？

後來變成我頻頻詢問小護士到底我開了幾指？小護士每半小時幫我檢查一回，大約一小時我能開一指。當時還高興自己怎麼那麼幸運，開到了七指都沒感到不適，看情況大約晚餐左右就會生下來了！

搞不好生完，我還可以跟阿福大吃一頓豐盛的晚餐呢！

過程中，有一件事我感到神奇。

小護士一直非常體貼我，除了問我要不要打無痛針之外還問我想不想小便，我說好像有一點想，既然沒事做不然來小便吧！

小護士拿來一個尿盆把我的屁股墊在上面，她請我不必害羞地把尿尿出來。但，我尿半天，一滴也沒有。護士又取來一根細細長長的尿管⋯⋯

一直到護士把尿盆給我看時我真嚇一大跳，怎麼會有一個家庭號保特瓶那麼多的尿我都不知道！

直到此時都是幸運的。但是，幸運並沒有一直跟著我⋯⋯（待續）

玩具小家庭故事集
第10集：我的無痛分娩（下）

幸運並沒有一直跟著我……
開到七指時我的醫師、助產醫師一直頻頻來到我的房間看著儀器上顯示的數據，兩三個人議論紛紛，氣氛似乎凝重了起來。
後來醫生分析狀況給我聽，他猜測是寶寶排斥催生劑，因為他的心跳一直在降低中，於是醫生把催生劑的劑量降低，寶寶的心跳一時恢復正常。
寶寶正常了，但我的陣痛卻減少了！
好幾分鐘才有一次陣痛，完全不夠密集。這樣的力道無法擠出胎兒。
助產醫師考慮了一下，認為應該重新加重催生劑，看看是否可以在陣痛密集時協助我儘快把兒子擠出身體，不然照這種慢吞吞情況看來我是沒有能力自然產的。
為了維持寶寶的心跳最少一分鐘有一百跳以上，我被要求戴上氧氣罩。

心跳太低　陣痛太少

最好是120以上，低於80都太危險！
但那時小福會掉到70，令醫生不得不驚覺！

戴上氧氣罩之後，氣氛不再輕鬆了，變得很緊張！

我非常認真地吸氧，專注到連一句話也無法跟阿福交談。
眼看著我們期待的晚餐時間已經過了！醫生們走來走去討論著如果狀況不佳就要把握時間剖腹取出嬰兒！

剖腹
根本沒想過我會被切開肚子
快吸，用力吸…
寶貝媽央救你了！
我也拼了！
當醫生一提到剖腹，小福的心跳突然加快起來，好像他也知道這樣不妙！

在我心無旁鶩努力吸氧氣時，突然間，護士醫生一陣擁上，似乎決定將我移到另一個地方。

不是在這個房間生產喔？還要換地方？要去哪裡呀？
因為聽不懂醫生護士的討論一直都在一團迷糊中的我。
此人雖聽得懂，卻也在一團迷糊中
Ça va?（你還好嗎？）
從頭到尾都只會問這一句！笨！

阿福趁著我被移動的空檔，趕快到外面打電話給爸媽，因為我們從進診所到現在都還沒有跟家裡聯絡。他大概想說趁醫生護士都擁簇著我的時候（表示我很安全）跟家裡說一下我快要生產的消息。

而這一離開，不是三分鐘也不是五分鐘，他跟媽媽一通上電話，一個熱切地愛問，一個又會鉅靡遺地回答。這通電話一開講我猜想大概是從早上出發開始描述起，每十五分鐘編織結構成一個橋段，分別由好幾段組成我生產的過程........咦？這是什麼時候了？阿福你還當成聊天嗎？

我以為阿福離開產房只是丟個消息給父母就馬上回來的那種簡略式通話，但，亞不是！當我被移到另一個更陌生的房間一時找不到阿福時，我感覺他離開的時間有一個世紀那麼久！

醫生雖然已經英法文夾雜地告訴我剖腹取出胎兒的必要性。但我仍舊不想接受將要開刀的事實。

終於，阿福出現了，我的眼淚像是珍珠項鍊斷掉一般，一顆一顆地滾出來。下一刻就要當爸爸的阿福不知是不懂得事情輕重還是因為害怕坐上爸爸的位置突然想逃避，他消失的這一世紀，我恨得把他記上大過一生一世永不得抵銷！

麻醉針再度打進我的身體，我的眼前架起一張綠色的簾子，醫生一聲令下，我沒有痛感地接受了肚子被剖開的手術。

還是不痛，跟我想像的生產狀況完全不同。

很快地寶寶被拉出來了，護士把寶寶拿到我面前閃了一下，隨即就送走。

之後，醫生清除我身體裡的胎盤等等所有不該留在身體裡面的血血水水，我感覺那力量之大像是有人硬要把還沒解開拉鍊的緊身牛仔褲扯下一般。

躺在手術台上的我一直往下滑還以為下半身要被扯掉了！

但，還是不痛！

只有那巨大的力量讓人害怕！

腹部切開十二公分的大洞縫好了之後貼上手術膠帶，我又被移到原來待產的房間，護士馬上將寶寶抱過來。

好像一隻小松鼠那麼可愛的小福一趴到我身上馬上就找到奶頭滋滋滋地吸起奶。

離開手術檯的此時，給兒子吸奶的上半身是幸福的，而下半身啊！卻是血淋淋的畫面。

有一位護士一直在我的下腹部使勁兒地壓，手法有如搞錯位置的心肺復甦術。

我感到下半身嘩啦嘩啦地血流四濺（有一個袋子在手術床的下方接著）。壓了幾次我也沒算，因為那是沒感覺的下半身，有感覺的上半身認真地望著兒子吸奶的樣子，誰管他血流成河！當時心裡只有一個念頭：

「喔，就是這一個小孩呀，原來長這樣子，四肢正常，啊～生產終於完工了！」

生產的過程不痛，那麼至少手術恢復期也會痛吧？不是聽說剖腹是痛在後頭嗎？

我在醫院住了六天，只有第一天注射止痛劑。隔天醫生護士只要經過病房都會進來問我感覺如何？會不會痛？

我都說不會。

於是，醫生護士也就沒有再給我別的止痛藥，就這樣。

我在住院的第三天就給寶寶洗澡換尿布，雖然走路必須彎著腰很像老婆婆，但那不是因為有多痛，是我怕把傷口扯破才彎著背慢慢走。
後來我要求被記大過的阿福回家幫我把電腦主機螢幕都搬到病房。在生產前忍著沒看的那些日劇影片通通搬到床邊。一邊餵奶一邊看日劇就成了我產後的主要記憶。

至於傳說中漲到如石頭般痛得要死的乳房，我也完全沒有感覺。
可能是小福一直黏在我身上吸奶。才感到稍稍有點漲起來時就馬上被吸扁下去！一開始前幾天雖然乳頭稍有破皮，但只要忍個兩秒鐘等奶水一被吸出來之後痛感很快就消失。

痛這件事，我好命地逃過了！

生產後的前兩天，這家診所照例安排幫我洗澡的看護人員。
哇！長這麼大了第一次給外人洗澡耶。
前後兩位看護洗澡的技術還真好，躺在床上竟然也可以全身洗乾淨，洗完之後她們還能順勢換了床單（我人躺在床上他們也可以換床單喔！），滿舒服的呀！

~fin~

生產前後

我現在對於可以在國外生產自己帶小孩這件事感到非常幸運。
重點不是「國外」兩字，而是「自己」。
從懷孕開始我就不必被所有的懷孕禁忌所恐嚇，我可以做所有我想做我
願意做的事情。我可以搬家、可以釘釘子、可以移動床鋪……沒有人會
好意來告誡我這個不行那個不可。
懷孕的時候我過得很自在。

生產那一天也不驚天動地。
我一早破水，先沖沖澡，墊上厚厚的毛巾，然後喚醒阿福。
我們兩個人在家裡靜靜地整理一下東西，阿福喝他的果汁，我喝我的奶
茶。出門後還有心情找好吃的可頌麵包當早餐，開著車到診所附近找到
位置最好的停車位，然後帶著簡單的行李進入待產室＊註。
沒有通知任何人，甚至阿福的父母也都在接近晚間的時候才知道我正面
臨生產的關頭。

我的產程幾乎沒有什麼真正的痛感（開三指之後有打無痛針），最痛跟
月經痛一樣，開到八指半之後是因為寶寶心跳太低似乎缺氧，我的陣痛
又不夠密集，醫生說要把握時間剖腹。
雖然有點驚訝我竟然需要剖腹！但也只能說好。

醫生穿上墨綠色的手術衣服，助產士們將手術用的工具齊備一旁，我的
上半身跟下半身中間架起一片布幕。阿福坐在我的旁邊靠近我的臉，一
直跟我說話幫我解釋醫生進行的狀況，我則感到下半身不斷的被強烈的
拉扯，像很緊的牛仔褲被用力扯下的那種力量，我感到恐怖。
我感到恐怖，但幸好阿福在旁邊。

我記得他的聲音沈穩地回應我每一個害怕的詢問，他一手抱著我的頭，
另一邊牽著我的手，要我不要怕。同時他自己不小心瞄到玻璃反射的影
像，醫師在我肚子上切下一刀，看到我的肚子被拉開時，他自己其實驚
嚇得腦筋一片空白！

下腹部大約十五公分的切口縫合之後，送回原先待產的房間，
寶寶馬上送到我的胸口開始第一次餵奶。小福很順利地尋奶，很順利的
含在嘴裡，護士說他做得很好。
同時我的下半身被另一位護士（或是助產士？）用力地擠壓，要盡快排
出身體多餘的血水，護士趁麻醉藥物未退之際把我的下半身壓得嘩啦嘩
啦地排出大量惡露。
然後我被移動到另外一張床上，我抱著剛初生的寶寶，穿越診所靜謐的
走道。午夜長廊的燈光有明有暗，緊緊抱著小福的我怕他在移動中掉下
去又怕他被光線嚇到。一手勾抱著他小小的身軀一手遮掩著已經張大好
奇的的眼睛。
（＊嚴重錯誤！羊水破了要以最短的時間到生產的診所。我一直以為跟
陣痛一樣，只要慢慢來就可以。我們真是對愚蠢的父母，差一點讓兒子
在母體裡缺氧。）

病床被送到一間全新的產婦單人房，很乾淨，一切都很齊全。護士講解了房間使用方式之後就退出，剩下我、阿福和寶寶三人。

我現在回想起那時的情境，感覺這一夜非常單純，純粹地每一分一秒只讓我們三人分享。
寶寶哭泣，初為父母的我們兩人盡力安撫。沒有長輩在場，沒有朋友幫忙，沒有其他多出來的意見，如果不按呼叫鈴甚至沒有護士醫生出現。

因為我不在台灣，自己在國外生產這些狀況出現得相當自然。我的意思是無須驚動任何人，不需多出心思來拒絕或接受他人的關心。生完已經累了，不想應對多出來的好意。

住院七天，亦沒有想像中不舒服。剖腹後的痛也不像大家說的那樣不能移動。不知是醫院醫生技術好還是我對疼痛並不敏感？被寶寶吸奶的痛只有短短的幾秒就會度過，也沒有傳說中漲奶漲到石頭硬那般，整個生產前後，也許太有福氣，我沒被疼痛嚇到。

幾位住Toulouse的台灣姊妹來看我，大家都很體諒我剛生完的疲倦。寒暄、送禮、稱讚寶寶，然後就一一道別，輕輕來輕輕走，非常貼心。
阿福的家人朋友也分別在每個下午出現，晚餐時間一到，診所就關起會客門，除了孩了的爸爸，其他人都要離開。
每天太陽下山後，只有我和阿福可以跟我們的孩子在一起。

我花很長的時間跟小福躺在一起，餵奶、互望。我觀察著小福身上的每一個部位，包括他密密的汗毛，耳朵上、肩膀上、整個背部……　小福則花很長的時間熟悉我的乳房我的氣味……

七天中，有一天阿福跑回去上班。
我有小小的抱怨（好吧，老實說當時是很大的抱怨！）。
後來他跟我解釋，在病房中他什麼忙也幫不上，感覺自己很沒用。兒子不喝擠進奶瓶的母奶所以他不能幫我餵，哭得時候幫忙哄抱，兒子從不領情，越哭越兇，前面幾天有護士幫忙清潔嬰兒，他也只能在一旁看。
他解釋：「我什麼事都不能做，連妳的傷口也不痛，不需我攙扶。待了兩天，覺得自己很沒用處，不如回去上班多賺一天錢來得實際。」
好吧，也算是另一種爸爸的責任感。

我要阿福從家裏幫我帶來日劇DVD跟電腦，他不在的時候我可以一邊看日劇一邊餵奶，很愜意。
是我幸運，一切都不感到太痛，剖腹的傷口也還好，還沒到凡事他人幫忙的程度，所以阿福不在的時候，我沒有困難地一樣幫寶寶換尿布、抱他走動哄他睡覺。

現在想起來，寶寶進入這世界的前七天並沒有因為剖腹生產而減少與媽媽相處的時光，我的兒子一降落到人間最脆弱的那些時刻我都在身邊。

回家之後，我把生產前自己熬好冰凍起來的中藥補品按日喝完。
所謂的坐月子時間，我沒有一天好好睡著。餵奶、拍背、抱著走動，每一件事都犯了坐月子大忌。想洗澡就去洗澡，頭髮忍到第十天就洗了，因為餵母奶怕自己頭髮髒會沾到乳房或手指。第一次洗好後還沒來得及拿出吹風機，寶寶就一直哭啼，我甚至沒吹乾頭髮就離開浴室。但至今沒有腰酸也沒有背痛，感覺不到沒坐月子有什麼不好？

如果說可以坐月子的人很好命，那我一定是命太好，好到不用坐月子都沒什麼影響健康。
只是那段期間很想睡，很想有機會可以睡超過三小時。如果能完整的睡三小時那絕對感恩得要命。

很累的時候也會希望媽媽來法國幫我幾個星期，幫我煮飯也好，幫我帶小孩也好。但是一直有一些困難無法成行。
打電話給媽媽時，媽媽提到一句話，她說：
「剛出生的紅嬰仔，自己一個人靜靜地帶最好。」

我突然間體會到「一個人靜靜地帶孩子」的氣氛。
寧靜的家和單純的照顧者會帶給寶寶更充足的安全感，自己一個人用自己的方式將不會有別的干擾，這樣的環境當媽媽多麼自在，不是嗎？
我突然體悟到自己正處在自己最適合的狀態中。
不喜歡他人干涉甚至也不喜歡他人協助的我，這種個性的我最好是一個人自己處理所有的難關，其實我內心享受獨立解決問題的感覺，沒有支援反而自在，反而美好。

這段時間，我誰都不熟，法文程度還很糟。連上醫院或帶小孩去小兒科打了什麼疫苗，我全都半知半解。只能靠著一部分爸爸阿福的協助和大部分自己的直覺。懵懵懂懂地，我這樣帶著兒子長大。

餵奶……

何等幸福美妙……

但,也會……

[未斷奶期間]

玩具小家庭故事集
第11集：會走路之後

　　暫停了快一年的玩具小家庭專欄終於又再度復活！當初會暫停的原因不用猜也知道是帶小孩的疲累讓我無心管自己的工作。尤其孩子在那個節骨眼上——**正在長牙、學走路、不愛吃東西、一夜醒七次、去托兒所回來就感冒流鼻涕……**

今天又重新回到專欄，哇！那不代表我已經出運了嗎？已經渡過苦命的節骨眼了嗎？是嗎？

牙也還在繼續長，走路倒是越走越遠越難追！吃東西有時挑有時不挑沒個準，一夜雖不再醒七次但也經常三次四次地呼喚著。

每次看到別人家寶寶很乖巧都會自嘆命苦。奇怪！別人的小孩放在那裡就是可以放在那裡。不用哄也不用抱，時間到了奶瓶拿過去就嘖嘖地喝起來。我家的怎麼沒有一刻可以讓我靜下來做點事？

第十四個月之後小福終於學會走路，開始了他腳踏實地積極想要與地球接觸的人生。這的確是有個好處，從此不用時時抱在手上，終於我的雙手可以重獲自由。

但是接著又來許多磨練。磨練什麼呢？

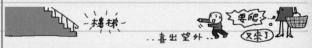

爬完一段以為少爺高興了，不！還早呢！爬一段怎麼夠？繼續向上爬，如果沒有向上也要再向下，向下後又要向上，向上後又向下

母子雙方對峙直到我們出惡言
（通常是無效的）

在住家公寓的樓梯間經常演出這樣的戲碼，我優雅有禮的東方女性形象已經快被這頑固的爬樓梯孽子破壞成母夜叉了。

除了樓梯之外，這個美麗的世界可以走的東西當然還有別的。
脫離小嬰兒期，孩子的雙腳能結結實實地踏在地球上那種興奮之情當然不是我們這種走路走了三、四十年已經老油條的人能回想得起來的。

誰記得他一歲半時的快樂呢？

不過我想像著，如果我今天踏上了月球，那種踏一步就像要飛起來的感覺也一定會讓我興奮地拼命在那裡"玩走路"，應該差不多是這樣的心情。

所以說，對於小福，這自然世界的各種事物都是新奇的、有趣的，是一定要去體驗的。
落葉，一定要上去踩；
雨後的水窪，一定要"撩落去"；
路上發現了高低不平的水溝蓋、人孔蓋，一定要踏看看；
各種狹窄形式長形的路墩，一定要走一段
……

接著，那種可以讓身體產生不同感覺的道路，簡單說就是上下坡。上坡一種樂趣，下坡一種刺激。
小福小朋友只要一外出，看到斜坡是絕不猶豫的，只要讓他瞄到有斜坡可能性的道路，不管多遠無不飛奔前往。

玩具小家庭

小福會走路之前一直不會用四肢爬行，他移動的絕招就是雙手撐住屁股，一屁一屁地向前移，我聽說沒有以四肢爬行的小孩腦部較為缺少前額葉的訓練，而俯衝向下可以補足這部份的欠缺，

所以當小福熱衷斜坡俯衝的遊戲時我就讓他盡興地玩。

越走越穩了之後，刺激的就來了。

現在喜歡跳。

還好小福算是膽小男，要跳下來之前自己會計算到底要付出多少代價。

擦地板的我突然被蜘蛛人黏上…

這樣我不能擦地板

下來
下來
不要
跳
跑…

在小福還沒學會走路之前，殷殷期盼他趕快
學會走路。學會走路之後我現在殷殷期盼能
夠趕快去上幼稚園（法國的國民教育從滿三
歲上幼稚園開始）。

最好在學校就給我玩到累癱了再回來，我做
為媽媽最後的精力已經快要用盡。

走路已經走了四十年的我可不想又跑又跳沒
完沒了的呀！

~fin~

玩具小家庭

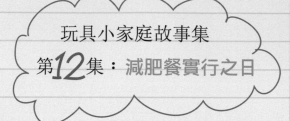

玩具小家庭故事集

第12集：減肥餐實行之日

前一陣子聽公婆說實施了減肥餐收效
良好，公公瘦了五公斤，
婆婆瘦了兩公斤。

減肥前 減肥後

我們這年紀要減兩公斤
也是很不簡單的！

平常就很注意營養健康知識的婆婆說：
想減肥的話，不能不吃東西讓自己一時爆
瘦，用太極端的方法瘦下去的人很快就會復
胖的。所以我選擇營養均衡的飲食，盡量減
少油膩和吃太多澱粉。
此話聽在腰圍逐漸寬大的
阿福耳朵裡…….

(((竟然沒有反應)))

平
安
快
樂

繼續塗奶油

倒是我興趣濃厚。
我其實也不胖，就是生產後照顧小孩快累死
了根本不想運動。所以肚子軟軟小肥一圈一
直掛在那裡。如果跟婆婆一樣減個兩公斤，
嗯～兩公斤就好，這一圈小肥肥應該會自己
自然消除吧！

於是我熱情地向婆婆請教她的減肥食譜。
我以為婆婆會去她的食譜架上取出一疊菜
單，沒想到婆婆批哩趴啦地就說出一整周該
吃的東西。

等一下，等一下
我拿筆……

星期一
200g紅蘿蔔絲沙拉
加兩片生醃肉
星期二
200g四季豆
加200g牛肉
星期三
200g生菜沙拉加任何
一種肉隨便你

听
好
喔

星期四蕃茄一盤加三杯優格
星期五200g包心菜加三顆蘋果
星期六200g小羊肉加兩顆水煮蛋
星期天都可以吃但是不要吃到撐

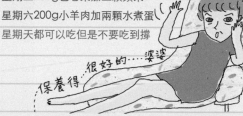

保養得 很好的……婆婆

最後婆婆又補上一句：以上菜單是一餐的份量，中午和晚上都是吃一樣的東西。

我聽完菜單之後腦海中立即編織出一幅在廚房翹二郎腿的美好畫面。

為什麼呢？其實減肥已經變成其次了。這份菜單除了材料單純之外最最吸引我的就是中午跟晚上都要吃一樣的東西，這對於一天要煮大人兩餐、料理小孩三頓的我簡直就是福音！
一天只要準備一次就能搞定兩餐。
哇～這是多麼輕鬆的一件事啊！

這份減肥食譜，讓人理直氣壯地減少廚房工作。我不必去想每日菜單如何變化，上市場也有明確的目標節省時間。在廚房裡，理所當然輕鬆地做菜，沒人能批評我偷懶……一切都是為了健康、都是為了回到青春身材，還有什麼好說的呢？就立即實施吧！

雖說減肥餐簡單好做，但各位太太們別忘了，萬事起頭還是有些困難！

一開始我沒注意家裡並沒有秤重量工具，第一天的兩百克紅蘿蔔到底該怎麼算就讓我傷腦筋！

然後……

接著又大周章地到地下室儲藏間扛下根本沒用過的刨絲工具，一根一根地把蘿蔔刨成碎絲。

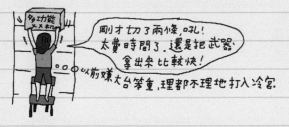

第一天到第三天都還好，200g的肉其實非常地多，吃都吃不完。

一到第四天，高難度的來了。

就在大人面臨考驗的時刻，小福人在福中不知福，我為他準備的咖哩飯竟然沒吃完就跑去玩了。

第五天，也就是一週減肥之高峰----
包心菜加三顆蘋果。
為了不讓口味太平板，我在蔬菜中還加上辣椒。

這一天小福的肉醬麵條很快吸哩呼嚕就吃完了。

第六天終於渡過之後，星期天馬上量體重。

不甘心自己規規矩矩吃減肥餐竟然沒瘦的阿福，想把責任推到不可抗拒的------
"自然體質"。
我雖然也沒瘦，但我知道自己有偷偷吃巧克力麵包，有時候小福沒吃完的水果、餅乾、食物我也會盡一位媽媽的美德，不浪費地把它們收到我的肚子裡！

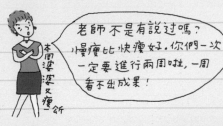

本周婆婆又瘦一斤

老師不是有說過嗎？小瘦比快瘦好，你們一次一定要進行兩周啦，一周看不出成果！

婆婆叮嚀猶言在耳，於是我以一種堅定的態度繼續進行第二週。堅持的原因最主要的是我已經把刨絲機器搬下來了，至少要用過兩三次吧！

而阿福則是認命地準時地上餐桌等待著我為他準備的餐食。

反正我餵什麼他就吃什麼

Football

下了班的男人沒頭腦也沒靈魂。

馬麻

沒想到第二週，阿福的成果真的顯現了。

哎喲！！你的肚子真的變小了耶！

少四公斤感人…

那，下周吃飯就恢復正常吧！

嗯…不想耶…一直煮減肥餐多好啊……

我可以偷吃兒子的飯。

~fin~

玩具小家庭

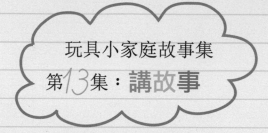

玩具小家庭故事集
第13集：講故事

小福才幾個月的時候，台灣阿嬤就一直跟我說有機會就要念故事書給寶寶聽，不要以為他聽不懂，其實他都有吸收進去。

故事書翻不到一頁，講不到兩句，不是早就爬到別的地方去了就是攀在我身上要求玩耍、抱抱。

所以直到他兩歲，在這之前我幾乎都不需要講故事。故事書雖老早就排排站在小櫃子裡，但小福看都不看一眼。

我想，我大概是生了一個對讀書沒興趣的孩子，長大後相當可能是個一點文藝氣息也沒有的男孩。

理論上，故事對孩子的童年佔有重要的一環，講故事可以帶領孩子馳騁想像力。尤其是睡前父母能坐在孩子的床邊述說著動人的故事，這會讓孩子在充滿安全感的氣氛中進入夢鄉。

不過，也有務實的媽媽告訴我，不要在睡前養成說故事給小孩聽的習慣，到時候你必需說個不停、說個不停、說個不停……
累死人了！

講不講故事，反正在兩歲前對我並不是個煩惱。但是，就在某一天，我又嘗試講故事給小福聽的時候，這小鬼竟然就上癮了！

一本沒什麼的小書，就是有一些野豬、老虎、小狗、小貓。我為了吸引小福的注意力，特別增加刺激度，並沒有跟著書裡的劇情走。比如，貓狗出門看到老虎我就"吼吼吼"地叫。看到野豬我就"唧狗唧狗"地發出怪異的聲音。

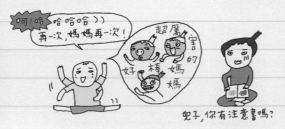

兒子，你有注意書嗎？

眼看說故事終於吸引小福，我心裡很高興，至少我兒子開始對書感興趣，做媽的我亂吼亂叫發瘋地當小丑也沒關係。

後來我又證實了一件事，那就是小孩子期待著他們可以預知的驚喜，同一個故事可以一聽再聽毫不厭倦，就是為了那幾聲可以預期的獅子吼！

好了，故事終於愛聽了，我也跟別的爸爸媽媽一樣把它當成睡前的催眠曲。

可是問題又來了！

當母子倆躺在床上，為了營造睡前氣氛一定得把燈光調昏暗，我要怎樣拿書才看得清楚？又不傷眼睛？

某天我福至心靈，跟小福說我們來講"球球不見了"好不好？

（說明：球球不見了，yoyo的一首有劇情的歌曲，那張DVD跟書一樣，百看不用換片，同一張光碟可以一直重複播放）

因為這是一首經常聆聽的歌曲，不管是劇情或是各個角色的細節，小福都已經熟悉了。躺在床上，我不需要硬撐著手拿著書，甚至我還可以閉著眼睛說故事偷偷休息。

只要故事一開講，小福馬上進入狀況，我可以用講的、用唱的，有時候把劇情轉到小福身上讓他加入找球行列，我以互動模式來進行故事。小福則以期待的心情聆聽找球的過程。

這個故事維持了好幾個星期，雖然每天內容幾乎一樣，但是我還是盡力地增增減減劇情，同一件事情的用詞也依他的理解程度加入較複雜的說法。

爸爸看我們母子倆講故事講得有趣，有時候也想擔任我的角色。
但是爸爸實在太沒創意，翻開書就跟著上面的描述逐字逐字地唸，遇到小豬、蜜蜂也不會表演一下，當然小福聽一聽就沒意思地想走人！

講故事變成一件每天都要做的事情，而且不分白天黑夜。
現在的轉變是——不管拿到什麼東西都要我說成故事。

每次說故事，我都會給每件東西取一個名字以便利角色定位以及劇情發展，而那麼多東西，那麼多名字，叫一個疲倦又很健忘的媽媽怎麼記得住？

後來我又想出個偷懶的方法讓自己比較好記住自創的名字。
那就是超級沒創意的----

問題又來了，當小福拿出紅色火車、紅色簽字筆、紅色湯匙一起來的時候，全部都是小紅也是一個麻煩！

故事講多了，我變得很偷懶，尤其是睡前講不到兩句就哈欠連連，經常亂掰又故意草草收尾。
至於小福，聽故事則是高興得不得了，才不會因此想要睡覺。都是因為媽媽不小心睡著了，無聊的他也只好自己摸摸鼻子翻身去睡啦！

~fin~

有一次，帶兩個小朋友去坐地鐵。
人很多，我叫他們要手要抓好，站緊一點，
兩個快四歲的小孩好奇地看著擁擠的車廂內形形色色
的人們......

兩個小朋友就這樣一直看，直到下車。[三歲八個月]

睡前，我不太說故事的。

不知道為什麼？一到晚上，我就是很懶得拿起故事書唸。

雖然有一陣子曾努力地想達到「睡前說故事」的標準模式，但是也只是一陣子，後來又鬆散了。

剛好在前幾天看法國的超級奶媽電視節目也講到這件事。那個超級奶媽才剛剛修正一位手足無措的媽媽應該在睡前講一些溫馨的故事，應該在睡前帶給她吵鬧無休的女兒們一些溫暖安全的感受。

說到良好的睡眠習慣......這一點我有自知之明，在小福四歲之前，我家在這件事情上面是不良示範。
（四歲生日之後突然間地變好了，我甚至不知道我做了什麼？）

電視上的超級奶媽很嚴厲，但是她並不僵硬。她強調，不管說什麼故事都好，甚至看照片也行。但是重點在媽媽說出來的故事或任何話語要出自內心，也就是媽媽自己要喜歡這個故事，說出來的語氣是充滿主動的意願。

所以我想，我不說床邊故事應該也是個正確的事情，因為我一說床邊故事就想睡到爆表。常常講到一半不知道自己在講什麼？故事書也會因雙手已經睡著而滑落敲到自己的頭。
所以我沒辦法發自內心地說故事。

要發自內心，我選擇跟小福睡前討論。

討論的內容像這樣：
「你告訴我為什麼你不能自己睡？你給我個原因。」
「為什麼一說要睡覺你就這裡也癢那裡也癢？你要擦「易可膚」喔！」
「你覺得媽媽像什麼顏色？」
「你們班上小夫跑去哪裡？我很多天沒看到他了。」
「我跟你講喔，我今天去買菜的時候，氣死了。有一個人把我的推車推走，手握的那裡有個洞，要拿推車時要塞一歐元啊！車子不見了一歐元也不見了！你說我怎麼辦？」
就這樣隨便變出個話題，天馬行空地亂講一通。

精神好時間多的時候講比較久，相反，就儘快結束。
我喜歡講今天發生的事情，或是當場胡扯。像這樣的我就會完全出自內心地想跟兒子說話，並且仔細地討論各種細節和感覺。

聊天的時候會先約定好在分針指到多少多少的時候就睡覺。
燈一關，小福安靜了，我卻是常常很愉快地睡不著。

睡前說故事 閒扯

教養的爭執

我跟公婆的關係應該說從來沒有交惡過。雖然一直以來都很平順，但其實一開始也免不了有些緊張和較勁。尤其是在我懷孕的後期以及小福出生後的前幾個月。

那段時間因為面臨孫子即將出世，我的公公婆婆一直想跟我深入討論養育小孩這方面的事情，當然在討論的同時，他們很希望我能接受他們的意見。所以免不了出現想指導我的態度。

我可以了解他們想"幫忙"的用心，但是兒子畢竟是我和阿福的，要如何教養是我跟阿福的事情，要討論也是我跟阿福討論就可以。

他們的"幫忙"在那時候對我來說是一種干擾。簡單說就是管太多了。

公婆因為只有一個兒子，這個兒子小時候非常固執，青少年時期又十分頑劣，所以他們在教養上並非我以為"歐美人士主張愛的教育"那一種類型。對他們來說，父母的家庭教育應該"嚴厲、訂定規矩、必要時體罰"，他們擔心自己的孫子像現在法國新一代年輕人一樣無法無天，所以一再地想告訴我不要對孩子太溫和太放縱。

我當時當然是非常不以為然。

其實並不是反對體罰和嚴厲教育，但是我反對在寶寶尚未出生之前就認定這必然是個頑劣的男孩，在什麼都不知道的情況下就決定他不乖一定要體罰！

怎麼可以不信任自己的孩子呢？

我們甚至不知道他長什麼樣子就決定可以括他耳光？

面對公婆時，我忍耐著不要發怒，只是很簡單地說：『我要看兒子的個性如何才決定要嚴格還是溫和。』

因為我知道自己成長的過程中，我的父母很少對我們嚴厲，甚至我記得自己小時候最乖巧的時期是父母工作繁忙最沒有時間監管我們的時候。

我跟公婆和阿福一再強調，嚴厲地管教或是嚴重的體罰並不會使孩子變得更乖更懂事。

小孩子能夠聽話乖巧，我認為是孩子對父母的體諒和在意。

打小孩怎麼會讓孩子體諒父母呢？他們可能會有表面的順從，但內在依然是反叛的。

我從自己的經驗提出看法，但是他們一家人也有他們一家人的經驗。

阿福一直覺得是因為爸爸狠甩耳光才把他從一堆不良少年中拉回正途。

如果沒有他父母嚴厲監督，也許今天的他不知混到哪裡去？

雙方都有不同的想法，而我這一方只有我一個。
不能只有我一個呀？至少我要把阿福拉過來。

私底下我一直沒有放棄拉攏阿福，高調的爭論也有、低調的表達心意也
有，我想如果這個頑固的阿福可以和我有共識，那麼要說服公婆就簡單
多了。
記得最後一次跟阿福討論時，突然間我覺得自己一直在相異點上想爭出
高下，但是其實我們不過是教養方法的相異，而最重要的，我們對孩
子的期待，那個結果我們是相同的呀！
我們爭論了半天不過就是要一個懂事、堅強、健康、開朗的兒子。
阿福是這樣，我也是這樣。
我們容許他任性，但是不能過份驕縱，我們原諒他做錯事但是要誠實稟
告，我們希望他專心於喜愛的事物但是不要影響生活規律⋯⋯
這一切，我們不是都一樣嗎？何必在乎語言溝通上的差異？

我跟阿福說，我們應該看那個期待的結果是不是能做得到，而不是我們
自以為的教養哪一個才是正確的。

既然對孩子的期待都一樣，所以我們應該互相信任彼此的想法。
爸爸有爸爸的態度，媽媽有媽媽的溫暖。同理的，奶奶有奶奶的愛心，
爺爺有爺爺的規矩。
我們四個大人不要預設懷疑，應該先互相尊重，然後我們才好迎接家裏
的新成員。
阿福贊同我這樣的觀點，終於拉過來我這邊。

同樣地，我也這樣跟公婆說，直接對他們說，並沒有透過阿福。

我很認真地用我殘破的法文跟婆婆表達了意見。非常感恩地，我感到婆
婆眼中的體貼。
也許我說得亂七八糟，但是她體會了我想表達的意義，我們是一家人，
互相信任是最基礎的愛呀。
之後，我們再也沒有因為教養的討論而產生不快。

在小福出生後，因為睡眠問題、因為餵奶的頻率。公婆當然還是有他們
不同的意見。
婆婆曾自告奮勇地幫我帶小福，一天，她就知道我為什麼很難讓小福獨
自睡嬰兒床，她後來知道一個晚上要醒來五次，連續幾天根本受不了。
她幫我帶過幾次，每天晚上折騰到最後孫子也是在她的床上一起睡。而
她原本是最嚴格要執行「嬰兒自己睡一個房間」的那個人。

在這段期間，我經常跟媽媽通越洋電話，我向她報告小外孫的一切。我媽媽是個有好幾個孫子的奶奶，她自然有她的體會。媽媽跟我說：「讓公婆用他們的方式去愛他們的孫子，妳不要覺得這個不好那個不好。爺爺奶奶身份跟爸爸媽媽不一樣，當然愛的方式不一樣。當他們跟孫子在一起的時候，妳不要在乎太多細節。」

我媽媽對我說的話，我都覺得很受用。一下子就領悟了媽媽的意思。
所以，當小福三個月公婆用手指頭沾香檳讓他舔，我只用眼睛看著並沒有說什麼。六個月就給他吃巧克力，我也只有在事後說我們要注意小福對巧克力會不會過敏。
我心中雖然很不願意他們這麼做，但是，我知道他們面對孫子有他們想要的趣味，只是好玩而已，並不會過份。孫子應該有屬於爺爺奶奶的那部份，那部份我不要太敏感地干涉。
我的兒子不是完全屬於我，兒子的生命也應該屬於很多不同的人。我也要相信自己的兒子會有他生命的能量跟這些不同的人互相對應。

其實公婆是我在法國唯一可以信任的助手。這幾年來，我們或許在對待小福的方式上有很多不同之處，但是我們一直朝著一樣的期待在愛著孩子。對孩子的教養到底要嚴格還是要放鬆？這一點，在玩具家已經不是個問題，我們彼此信任著。

在超市
小福說要買冰淇淋

你要吃冰淇淋
就要自己上廁所
好不好？

還有，如果
你要吃糖果也
要自己去上廁所
不要讓我催
好不好？

...那一陣子正在訓練他
自己脫褲子上廁所.....

小福就有點不耐煩地回頭看我

好！好！
媽媽，我給妳
兩個好，好不好！

[兩歲九個月]

上廁所時，閒聊......

媽媽，妳知道嗎？
書上的卡卡不是 O 就是 Q

* 卡卡是CACA的法文發音，大便的意思。

那是什麼意思？
大便是 O、Q ？

無法立即猜出

嗯 嗯...

我的是直直的工，不一樣的！

啊，了解！
原來書中的大便都会畫成 ⟨⟩ 或是 ⟨⟩，
但他大出來是一條直直的.
小福察覺自己和他人的
差異，喔～

玩具小家庭故事集
第14集：跟公婆去旅行
（上）

自以為聰明地發現

這裡有便宜的快來!!!

non~

那种太簡陋了，我們這年紀要豪華舒適!

我婆婆計畫良久要全家一起去渡假，她想要三代同堂搭郵輪繞行地中海，但不知我喜不喜歡？

我聽說搭郵輪吃喝玩樂應有盡有，也聽說船上服務以客為尊非常貼心熱誠，加上天天在地中海周圍的國家輪流上岸到處觀光，這樣的享受我當然是很想去、很願意奉陪。

不過，若要搭品質不錯的郵輪，相對的價錢也非常高。

一心想說服出錢的男人……

在船上吃喝玩樂都不用再花錢。

這樣加一加也不是貴到哪裡去啦！

婆婆加油

想去

出不起……

除非……

那還是貴

除非它有……

然後我家的阿福堅持若要花這麼多錢在郵輪上，那就一定要繞經義大利的撒丁尼島（Sardigne）。我公公也堅持若要他出這多錢，停泊點一定要有威尼斯。

於是婆婆又是一番大作戰，翻遍旅遊目錄問了好幾家旅行社然後還非常厲害地找盡了網路的資料。

最後的結果仍是沒有一家豪華郵輪既經過威尼斯又來到撒丁尼島。

只好放棄郵輪計畫。

很快地，第二項渡假計畫出爐。

婆婆規劃了兩個小島的旅遊，並且途經法國南邊著名度假城市。

也就是全家五口開車到尼斯兩天一夜，然後連車帶人搭船去柯西嘉島，環島旅行計畫十四天，當環島到南端時，再度連車帶人搭船到撒丁尼島玩四天。

這計畫的費用幾乎是郵輪的一半，所以很快就取得共識。出錢的掏出錢，打點的開始準備行頭。

其實自從有了小福之後，我對於跟公婆一起去玩這種事是很接受的，甚至還有點期待，

因為小福多了兩個人帶，這會讓我輕鬆很多。甚至有時候還可以把小福丟給公婆，跟阿福兩人落跑去別的地方玩自己的，重溫兩人世界的甜蜜。

午夜12:00前一定會回來

兔子，今晚我將屬於你爸爸，你要乖乖喔！

亦喜亦憂

好好去玩吧！

孫子今晚完全地屬於我了！

雖然原則上是這樣愉快沒錯，但是公婆在身邊還是有公婆在場的侷限性。

媽媽妳真是不知足的媳婦

公婆做人好歸好，但是晚輩的我們還是不能得寸進尺隨性造次。在配合的態度上還是要保持一種乖巧聽話，以表示尊重他們。
因為這趟旅行一切都是他們在發落，我們怎麼能得了便宜還不賣乖呢？

你爸媽好有活力喔！為何你不跟他們學一學？

我這樣慢吞吞，不管事妳會比較輕鬆！

讀者們要繼續往下看才會知道我的好。

公婆渡假的觀念是這樣的，早上起床後應該要去早泳，游完泳回房間洗澡穿衣打扮（打扮的程度要到達戴上耳環、噴香水、穿上燙熨過的衣服）。然後優雅地走到飯店中庭吃早餐。
而飯店早餐通常只到十點，不想吃別人選剩的，最好就要九點前去吃，要趕上九點，還要晨泳，那麼八點前一定要起床！
於是平常假期都睡到自然醒的我等晚輩們每天都得設定morning call，即使飯店沒有 morning call 的服務，公婆也會很熱心地來敲門。

嗄！知道了！

快！快！

我們已經游完泳回來了！

泳池都沒有人喔！趁此時趕快去！

敲 敲

你爸媽真的很有活力！

玩具小家庭

終於我們一家三口趕上了飯店的早餐時間，
公婆已經坐在餐廳的庭院幫我們把咖啡跟茶
都點好了。

法國人吃飯喜歡在房子的外面，這一點我是
明白的，可是有幾天風還滿大的，只要一下
子咖啡茶都會冷掉，但這還好，我不介意。
最令我害怕的是"蜜蜂"蜂擁而至，熱愛戶
外生活的公婆吃早餐全不受干擾，我和阿福
被一直飛到眼前的大尾蜜蜂嚇得難以動手。

公婆的計畫非常之周詳，一定趁著上午十點
以前就全部準備妥當開車出發。
景點大多都依規劃進行，按照旅遊書的建議
抓出最便捷的路線。午餐前我們會進行某觀
光地點的行程，該拍照、該買明信片的都會
如一般觀光客一樣做得標準。
中午時間一到，就在景點附近找地方野餐，
我們在便利超商買齊了午餐食物，大布巾
地上一舖，用便宜的價格享受午餐和自然風
光，就是中午這一餐省省地吃，然後晚上再
好好地花大錢上餐廳。

公婆一直都有冒險精神，他們看得上眼的野
餐場地必然要人間仙境般的美景。於是我們
常常冒險犯難地在大自然中尋找一方淨土。

午餐之後我跟阿福都很想躺下去睡覺，但！

小福在車上睡飽了沒差，我們可是勞累的大
人，沒躺下去根本不算休息吧！
但為了配合公婆的玩興，也只好跟著去戲水
去健行。
特別想睡的時刻，我都好希望小福來救我。

動力小火車

兔子,你要不要疲倦睡一下?

這樣媽媽就可以陪在你身邊一起睡一下……

喂,兔子睡覺給我陪好不好?拜託一下。

晚上雖然不是玩,但也是個重頭戲------
我們要找當地最好吃的餐廳。

手中雖然也有本指南,但公婆總是不放棄路過的每一家餐廳。

通常法國的餐廳都曾在外面貼上菜單,就著那一本只有左右兩頁的菜單他們也可以對餐廳品頭論足。這一家貴、那一家沒特色地挑剔評論著。常常為了逛餐廳(的菜單)從六點多走到八點多才能坐下來。

而小福一天下來,也差不多到了要起番的時候,此時特別難搞,若沒搞好,等一下吃飯就有得麻煩。

酒足飯飽之後差不多快十一點,打道回府又完成了一天。

在飯店的大床上是我最放鬆的一刻。

有時候小福已經在車上睡著,一回飯店只要安置在床上就沒事了。若白天在車上睡太多,回飯店後小福會興奮地在床上跳上跳下,有時候也會安靜地玩他百玩不膩的小車子,總之不算難對付。

沒上班的日子,阿福對小孩還算滿有耐性,我可以把小孩丟給爸爸,自己一人呼呼大睡去!

我們來睡覺好不好!

睡覺不要

爸爸,我還要跳!

....旅程尚未完成,請繼續……

玩具小家庭

玩具小家庭故事集
第 15 集：跟公婆去旅行
（下）

一般來說，法國人出門旅遊大多選擇開車，所以他們養成了能帶的東西盡量帶的"優良習慣"，相較於我這個一切精簡的台灣人，我簡直就是"什麼都忘了帶"的糊塗媽媽。

> 我是覺得
>
> 什麼東西都可以替代. 是有点克難但....旅行嘛, 一点不方便没関係的.

兩個星期的家族旅行，我再一次地確認雙方文化差異之巨大！
公婆行李箱裡的生活用品和衣物之齊全，讓我理解法國人的渡假文化可以說有如一場小型搬家！
包括洗衣精、洗碗精、沐浴乳這一類的清潔用品不用說那一定是全部帶齊的（而且是大瓶的），碗盤、刀叉湯匙、清潔紙巾、開瓶器甚至電熨斗、吹風機、三插頭延長線、雜誌書籍......沒有一樣他們生活上要用到的東西沒帶上車的。
服裝方面當然是足夠天天換一套，婆婆的首飾也一組一組的跟著服裝變化。涼鞋三雙、

運動鞋一雙、登山鞋一雙、正式上餐廳的鞋子一定有帶、室內拖鞋更不會忽略。

> 我帶的涼鞋是没包後跟的, 可以當作室內拖鞋用.
>
> 上ㄅ廳也是穿這一双双... 嗎?
>
> 是的
>
> 我們長得不錯呀, 不是嗎?
>
> 适用各种场合及需要...

我自己跟阿福的行李都是能替代就替代將就過關的東西，而兒子小福的，我可不敢。因為我最怕出現這種情況>>>

> 玟怡妳忘記帶了嗎? 下次要記得哦.
>
> 小福没有圍兜兜嗎?
>
> 吃飯（一）:
>
> 幫他圍餐廳的餐巾紙就可以啦!
>
> 髒了也没関係, 回家再洗就好.

吃飯〈二〉:

呀呵!衣服沾到了,等一下吃飽後去換一套.

我沒有多帶一套用衛生紙墊一下就可以啦!

外面髒沒關係.

下次要記得多帶一套以防萬一.

吃飯〈三〉:

小福很快就吃完飯,在餐桌上賦了,開始坐立不安.

有帶玩具嗎?

我放在車上,沒帶在身上

玟怡,妳下次一定要隨身攜帶,小孩沒玩具很難坐久.

我也知道呀,但誰知道我們逛街完就直接來吃飯!

有鑑於以前跟公婆出門的經驗,我準備小福的行李簡直就像天王巨星籌備巡迴演唱的行頭一樣!

大行李無微不至,隨身包內容亦精彩可觀。

讓我來介紹隨身包內容....

隨身包大搜密

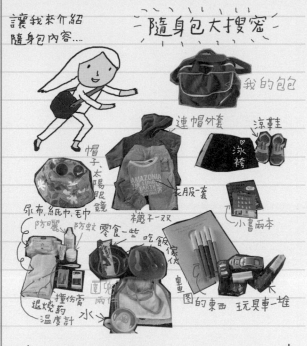

我的包包

連帽外套

涼鞋 泳褲

帽子,太陽眼鏡

AMAZONIA 衣服一套

尿布,紙巾,毛巾 防曬 防蚊 零食一些 吃飯傢伙

襪子一雙

小書兩本

退燒藥 溫度計 撞傷膏 圍兜兩件 水

畫圖的東西 玩具車一堆

是的,全部都在裡面。

有需要的媽媽朋友可以把這份list拿去參考。

這一回的旅行是為了抓住夏天的尾巴而出發的,所有的準備都是為了沙灘和游泳池。

公婆為了增加愛孫玩耍的樂趣,也沒忘記幫小福多帶一組沙灘小水桶。婆婆更是細心地想到小孫子這一陣子正在學自己上廁所,為了不因旅行中斷兩星期,所以連小馬桶都帶上車了。

[小馬桶]

[沙灘小水桶]

玩具小家庭

這兩件佔空間的東西，如果是我，我一定不會帶。

但……沒想到帶了之後，用處頗大。

我們為了晚餐能夠捨得花大錢上餐廳，每天中午都在尋找美麗的景緻就地野餐，雖然為了省錢而野餐，但也不是隨便吃個現成的三明治。

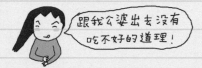

跟我公婆出去沒有吃不好的道理！

我們每天出發的第一件事就是上超市採購野餐食材，比如生菜沙拉、肉醬、香腸、烤雞等等食物，餐後該有的起司、水果、甜點、飲料也不曾缺過。

這……根本就不輸家裡的餐桌！

也因此，我們常常需要用到較大的盆子來攪拌醬汁、混合餐食………

呀！我沒帶沙拉盆！

哈！婆婆也有忘記的時候呀！

呵呵，我們用小福玩沙的小水桶就可以啦！

就可以了！我的台詞

野餐場地找好之後，男人去搬石頭鋪桌巾，女人則忙著料理食物。
那？小福要怎麼處置呢？

來，來坐小馬桶

好

我家小福不是因為想大小便才坐馬桶，而是坐上馬桶他會盡心地等著屎尿來臨，這對他說是一種樂趣，而且只要給他一本書，他一坐就可以乖乖坐很久。

你還不起來啦

很乖呀！

不要起來

媽～先吃囉！

這個小馬桶還真是帶對了，因為它，我多出很多時間好好吃頓飯。

兩星期的假期中有四天我們搭船往義大利撒丁尼亞島。我和阿福旅行的動力到此也差不多用盡，最後阿福跟爸媽說：

公婆只好放我們一馬，但是仍舊約好一起吃午飯。在中午以前我們各自解散自行活動，公公婆婆自己開車去逛市區小鎮，我們無力兩人組就待在飯店休息。
這一天我過得真愉快。
阿福在花園陪兒子玩，我一個人洗著衣服，洗完靜靜坐在陽台看著海平面。

大約中午，如約，我們全部到公婆的房間集合。

有老有少的家族旅行本來就有很多麻煩的細節要預先計畫。只不過我們家是公婆的活力比年輕人更旺盛！加上他們對於行程的執行力太強，這次去旅行簡直像拼命。
但是在公婆縝密的計畫中，其實我也受照顧很多。難得我什麼都不用想也不用做就可以跟著享受兩星期的小島旅遊，我的旅行經驗再添一筆不同的記錄。
下一次就是我帶公婆回台灣環島了，我看，我得要好好計畫計畫呀！

~fin~

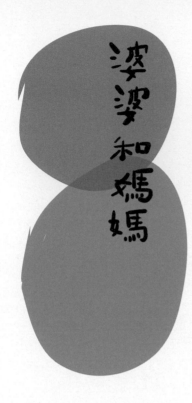

婆婆和媽媽

我婆婆跟我說她一直記得一件事，那時候她被我這句話嚇了一跳，因為我說：
「如果可以的話，我比較想要嫁給妳！」

婆婆跟我提這件事的時候我才知道這一句無心的話語對我們之間的關係影響很大，她從此知道我是真的很喜歡她。我這句話讓她感覺自己這個婆婆做得很有成就感。

我的婆婆是個很會照顧家庭的媽媽，但她不會讓自己因為照顧家庭而變成黃臉婆，我感覺她一直讓自己保持著時代感並且注重生活情趣。所以其實在我心裡，一直不覺得她是個"婆婆"，我比較喜歡把她當一個閱歷豐富的大姐看待。所以我刻意地什麼事都先問她的意見，什麼大小家事心事也都會跟她講。
我知道我如果這樣做，她會覺得很好，沒有隔閡。

小福出生後第一年，她大概都在聽我抱怨她的兒子。
那一兩年她怕我帶小孩無聊一直關在家裏沒出門，她會約我推著嬰兒車一起逛街。逛累了就到茶館裡喝茶吃巧克力，然後聽我唸阿福的不是。

剛開始我還怕自己這樣太過份，怎可在太后娘娘面前說皇上的缺點！
但是我發現我抱怨的時候，她完全可以了解我的心情，因為兒子是她養大的，她最了解。阿福的可惡之處她當然很明白！
叨唸完心情舒暢後我不忘以謙卑的態度跟太后娘娘說：不好意思，那是妳兒子，我不應該這樣一直抱怨。
婆婆當然會趕快回答：沒關係，妳要盡量跟我說，我會站在妳這邊。

我覺得她很高興我能夠把問題告訴她。因為她可以透過我繼續地關心自己的兒子。不然阿福————這個大男人不會來跟媽媽稟告這類小事。
當然我也知道不要重複抱怨太多次同樣的事情，重複地埋怨只會顯示自己的無能而且造成婆婆的壓力。比較美妙的作法是點到相同的主題時，跟婆婆眉眼互挑幾下，很矜持地表達無奈即可。
就像公公有時觸怒婆婆，她也會跟我眨眼睛挑眉毛地傳遞不爽。
我跟婆婆在抱怨中建立了彼此的默契。

因為婆婆聆聽我的抱怨又會幫我照顧小福，偶而還會買漂亮的廚房用品送我，我想大概是在那段時間，我跟她說乾脆嫁給她比較好。

但以理解人性的角度來想，我知道自己不能一直肆無忌憚地跟太后娘娘說皇上壞話。抱怨的對象若有進步，我一定也要積極地趕快稟告婆婆：
「妳兒子進步了，還不錯，他昨天做了什麼又什麼........」

報告好消息是必要的，畢竟是她的兒子，不能讓婆婆每次都難堪。
聽到自己的兒子進步了，當媽媽的人沒有不高興的。我也希望婆婆高興呀，因為她心情好的時候總會做出精緻高級的法式料理來迎接我們週末的來臨。

週末我們經常在公婆家待一整天，這麼長的一整天，除了吃就是聊天。我也很喜歡跟婆婆報告她的孫子的每一個有趣的細節。不管我說得多冗長、我的法語表達得如何不完整，她都興致勃勃地聽著。除了孩子的爸爸之外，我發現只有婆婆可以讓我暢快地分享育兒之趣，其他即便是親近的朋友，不管有小孩或是沒有小孩的，自己兒子的點點滴滴講多了都讓人覺得無趣。只有婆婆永遠可以一聽再聽絕不厭煩。

因為這兩個男人，我跟婆婆變得很親近。
親近到我們雖然住在不同的地方，但是幾乎每天都會不約而同地煮相同的食物。我們喜歡的味覺很接近，會買的食材也很類似，所以在週末去公婆家用餐前，我會注意前一天不要跟她"撞餐"，不然在家吃完鮭魚隔天又要吃鮭魚！
我會的法式料理都是從她那裡學來的。從餐前酒的小食到餐桌佈置、擺盤、甜點等。上星期約公婆來家裏吃飯，婆婆看到我用玻璃小杯裝的前菜，她說：咦，妳現在都在學妳婆婆！
我回答：因為她做的都很漂亮，不學太可惜呀！
這不是故意嘴巴甜，是出自內心這樣想的。

我想，因為婆婆只有一個兒子，不管她是如何維持新時代女性心胸的開放，如何努力為自己創造許多興趣。但是一個媽媽最主要的注意力免不了還是放在孩子身上，我能夠跟她討論她的獨子、閒聊她的孫子，這可能是她生活中最大的趣味。而這一點我做得毫不勉強，喜歡而且主動。對我而言，這是心情的抒解、感受的分享，何樂不為。

像婆婆這種人物跟媳婦之間應該是有距離有代溝的吧？
而我幸運地沒有落入婆媳連續劇的老套劇情中。婆婆是我的Team Work夥伴，是我在法國最好的朋友。

玩遊戲時都是很即興的。

小孩子太難捉摸，情勢走到哪裡就要馬上變出花樣來對付，所以我都是很快地當場用身邊的東西製作玩具，都很草率，可以用就好。

這些道具沒有什麼值得留下來保存的。

但是還是拍了幾張照片來做紀念，畢竟那些粗糙的玩具也曾經創造短暫歡樂！

順便紀錄最近覺得有趣的遊戲。

算腳步路線圖

有一次，我要求小福過來我旁邊，但是他當作耳邊風不理不睬繼續玩他自己的玩具。

叫半天不聽，我就說：

「我覺得你走七步就會到我這邊，啊不不不！你腳很小，可能要走十步。」

聽到數字就敏感的小福馬上抬起頭：

「七步嗎？可以啊！」

立即起身從一數到七走到我旁邊，帶著成功的笑臉！

從此我就常常以數字腳步來控制他。

比如要他去丟垃圾----「從這裡到垃圾桶你要走幾步？五步好了。你把這個拿去丟，我看你能不能做得到。」

或是要他不要忍尿趕快去上廁所----「去上廁所用20步可以走得到嗎？好，我看你有多快？」

有時候步伐數字剛剛好，讓他走得有成就感。有時候可以給少一點，讓他用跳躍的方式前進。有時候給多一點，讓他必須走很小的步伐，整個遊戲會因為數字多寡而有不同趣味！

當然有時候也讓小福自己說出需要走幾步，給他數字的主導權。

這個遊戲除了可以叫得動小福之外，還可以讓他練習數數字、練習跟媽媽討論，他也會學習評估自己的能力。

後來我們把這個遊戲發展成路線圖，只要有張小紙記一記就可以馬上運用。左邊這張上學的算腳步路線圖，就是小福一早起來不想去學校的時候我馬上拿便條紙畫出來的。後來當然就順利上學去了。

面紙盒音樂

小福對數字敏感，對各種標誌跟字母更是興趣滿溢，所以有時候也會用字母來吸引他。就像丟出盤中吃剩骨頭給狗狗一樣。只要小福在鬧、在哭，我馬上丟出跟字母有關聯的事情，他可以立即忘記眼淚地跑過來啃食。

有一天婆婆發現他指著故事書上的ABC字母唱出DO RE MI FA SOL LA SI ......

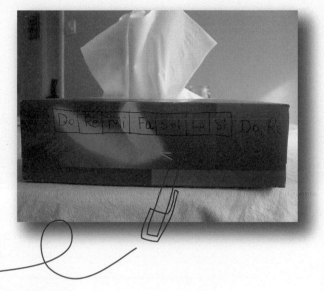

婆婆問我有沒有教音符的拼音？因為小福是手指著C唱出DO，而不是從A開始。後來我猜應該是玩任天堂的WII MUSIC學了一些音符的概念，然後加上學校的各種初步的學習。只是恰巧這一天被他發現字母跟音符的對應關連（搞不好也只是湊巧唱對罷了）。

但是，從這一天起，DO RE MI就變成我可以跟小福遊戲的題材了。

每天我們用音符唱兒歌。

搜咪咪、發累累、都累咪發搜搜搜........

看不出小福有什麼音樂細胞，走音很嚴重，但是沒關係，他很喜歡玩，我們就這樣很歡樂的玩耍著。

有時候我會唱一段音符給他猜是哪一首歌，有時候要他重複找唱過的很長的一段旋律。

有一天睡前，躺在床上懶得起身，就隨便拿起床邊的面紙盒寫上DO RE MI......。

兩個人拿著原子筆在上面點來點去，好像有台小鍵盤琴一樣。有時候他點給我唱，有時候我點給他唱。各自有創作。

我們的遊戲都是這樣的即興和草率，母子一時興起發明的遊戲都沒有上得了檯面的道具。

小福對遊戲的喜新厭舊很快，通通都是玩一陣子就要更新。所以紙盒玩爛了紙條捏皺了就丟掉，完全不會覺得可惜。以後想起來想要再玩，再重新畫一個就好。

下雨天在家，
媽媽就說要捏麵團。

面紙盒剪兩個洞，
給兒子丟他的小玩具，
丟完了再倒出來……

滾筒衛生紙芯也可以利用

紙箱類的最好

家裏郵寄來的紙箱再度物盡其用

有一陣子都是這種排場，
什麼道具都用上了。

我都把臉貼很緊地
親小福。一親他就
安靜下來。

玩具小家庭故事集
第16集：家庭主婦

　　當了兩年多專心帶小孩的全職主婦，突然間會覺得自己過著純然的家庭生活還滿好的。

尤其現在冬天到了，要上班的爸爸阿福早上六點59分就要在冷吱吱的清晨摸黑出門，而我還可以香甜地跟小福窩在一起睡覺，我就慶幸現在我的職業是多麼有彈性！

對啦，爸爸出門後就是我們母子兩人的世界了。至少十二小時之內爸爸不會回來干擾我們！

午餐時爸爸不在，母子倆就可以很隨性。

大約十點半，我就會煮一份香噴噴的湯麵慰勞自己，湯頭或酸或辣或清純自然隨我變化。異鄉生活喝湯不易，想要喝湯就趁此時趕快獨享。

七早八早解決自己的口腹之慾，美其名是"早午餐"，說詞是：「早午餐一起吃節省時間，不然中午要弄小福的午餐，要餵食還要哄睡，還要趕上托兒所入園時間，我根本沒時間吃。」

爸爸一聽這樣的說詞心中當然對媽媽欽佩有加，女人除了願意花時間、花耐性跟孩子纏鬥，連吃飯時間都盡量省略，爸爸聽了實在心生感佩。

早上通常都很懶，我知道這不是很好的生活習慣，應該像我婆婆一樣，早上一起來就馬上梳洗更換有精神的衣服充滿鬥志地打掃、洗衣、準備一天的食物......我雖然常常告訴自己應該好好的利用早晨，但是主婦這職業的好處就是你做不到的話也沒人會發現。唯一的目擊者就是年幼無知的小犬，但是他還不會告狀更不會給媽媽打分數，只要早上還算乖，兒子玩兒的媽媽玩媽媽的，兩人相安無事。

但是有時也會有充滿精神的早晨！
自己梳洗好之後幫小福換好衣服尿布，此時想去哪裡就去哪裡。

有時母子兩人開車到IKEA隨意逛逛，小福在充滿顏色的傢具中遊樂，我則四處看看下一筆要爸爸拿錢出來買的傢具應該買哪一件。

遇到中午吃飯時間就趁機在IKEA餐廳解決，反正爸爸在公司吃便當，少煮一頓飯他完全不知道，即使他知道也沒關係，我會強調是為家裡挑選傢具構思佈置，需要到處比價才能買得經濟。

專職照顧小孩說辛苦當然有，但是要講收穫也不少。

我常帶著兒子到圖書館看童書，因此看了不少精彩作品。也有幾次兩人像遠足一樣，準備好三明治和茶水，買張火車票到附近的小鎮做一天的參訪。

在平常的日子，我得天天開車帶兒子午睡（小福午睡一定要上車，不然不睡），趁著漫無目的耗汽油錢的時候我仍舊有效率地把這段時間當成我的認路之旅。
諸如我長期來一直疑惑的亞洲食品賣場的地點要怎麼走？一直聽說的動物園要怎麼去？幾位朋友的家到底在哪裡？我都是趁著這段時間自己一遍又一遍地練習，這也慢慢地治好我路痴的毛病。

有時候還會發現
新大陸!

這裡有賣農家直
送的有机蔬菜

終於知道
去哪找了!

其实你爸很笨,
穿錯我的黑襪子
也沒發覺異狀

呵呵!是我玩
的時候把襪子
交換了!

帶著小孩妳想要好好坐個半小時休息都是一件很不容易的事情,媽媽不是要唱要跳,就是要講故事,不然就要出門溜滑梯。

坦白說這種辛苦讓我臉部肌肉因為不斷做出誇張的表情而靈活了,四肢不斷地活動使氣血都暢通了起來。原本每天呆呆坐在電腦前工作的我變成有大量運動的女人,為了照顧小孩,我的活動量變得很大。有時候想想,還好有這種辛苦,不然每天坐著工作的我現在應該身材肥腫、臉皮鬆弛了吧?!

主婦也不是只有帶小孩一件事,家裡的事務老實說也佔去不少時間。

可是,家管工作雖有頭家但其實頭家根本監督不到你,你要做多做少一切都憑良心。
我要是勤奮起來就挽起袖子吸地、燙衣、換床單、清窗戶。但如果不是很有心情做得仔細,只要三餐可過關,內褲還夠穿,頭家爸爸根本不會發覺有何不妥。

由於天天都要吃飯,我不得不花心思研究法式料理,加上在台灣培養出來的味覺,逐漸發展出一套中西合併的料理方式,這些技巧一而再再而三地每天練習,感覺自己雖不是大師也快要是個專家了。

同事們都
很羨慕我的
便當……

好,那你告
訴他們我可以
開放訂餐,
賺点外快

阿福又是個吃飯一定要配葡萄酒的標準法國人,讓我這個對酒精過敏的人雖然喝得不多但是在長期訓練下,在市場挑葡萄酒也多少有個概念。甚至台灣的朋友要喝法國葡萄酒時竟然會來問我,多少讓我有點小小驕傲,這些都是以前的我不可能做到的事情。

我們其實都不挑知名酒莊，都是看地區和年份。

注意不要混酒裝，也要看配什麼料理。

喂！妳不過是家庭主婦 ⇒ 紅酒專家

這裡頭學問很多的！

主婦想要發展自己的興趣更是毫無顧忌，雖然育兒的前三年要時時帶著小孩有些不便，但是三年後當小福可以去上公立幼稚園的時候，我一定要利用這段時間好好地安排自己的生活。

早上我要去上瑜珈學插花，下午找朋友逛街喝茶。只要一切趕得及去接孩子下課，再趕上爸爸回家前把家裏收拾好。最後把熱騰騰晚餐放好在桌上就一切順利。

我去學東西，去看商品，去跟朋友就主題研討。

都是為了提昇家庭氣質，這很必要呀！

你說對不對呀？

雖然說沒有出去工作賺錢就沒有自己的零用錢可花，但是我這人消費力實在太低，我只要求精神上的自由就可以非常愉快，而且只要跟爸爸的關係非常融洽，老實說可以跟爸爸揩油的地方其實還不少呀。

~fin~

玩具小家庭

玩具小家庭故事集
第17集：父母的擔心

有一次跟阿福聊天，我們討論到小孩子以後的發展，阿福說什麼事情他都願意教，他也認為行為上的差異可以經由教養來修正，但是最擔心小福的性向，萬一是一個同性戀者，那不是父母願意教就可以改變的。

因為我是異性戀啊！所以很難接受兒子喜歡男的。

瞭解..

我認為自己這方面已經有很好的準備，因為早先的工作環境中我就跟許多同性戀者一起同事、一起租屋，老實說長時間接觸下，這一類的事情我在心中已經不是個問題。

以前沒有生育前也曾自己暗暗假設過，若是我的孩子是同性戀我應該如何面對？畢竟朋友程度跟親生小孩的程度是不同的。但是我自認為在這方面我還好，唯一擔心的是孩子自己將面臨的困難，不僅選擇對象比較少，

還要面對社會不同的觀感，只是覺得這樣的孩子在感情上比較受苦，其他我不擔憂。

若是社會的接受度低，做父母的我們更應該支持小孩，不然

這樣的小孩該如何安置自己的情感？如何開朗地去愛？

感情上還做不到呀！理性上知道，

一天，我們帶著孩子一起去朋友家聊天。朋友的五歲女兒有一堆女生的玩具，小福跟著在一旁玩，玩得很起勁，我完全不需要分神去照顧。只需用眼角餘光稍微注意一下是否遊戲中有安全問題。

此時小福跟著朋友的女兒在玩串珠珠，這種像花生一樣大小的珠珠對於兩歲多的孩子仍有危險性，就怕誤食。但是小福從很小的時候就很知道什麼可以放進嘴巴什麼不行，所以我任由他玩，我知道他不會拿來吃。

不怕一萬，只怕萬一！我還是去盯一下比較好！

專心

小福年紀雖小，但是手的穩定度很高，跟著姊姊一起玩，很認真地串了一長串的珠珠，爸爸阿福看得既是欣喜又是擔心。

好會串珠珠的兒子到底是不是有同性戀的傾向？以前他是喜歡玩車子的啊？會不會是因為從沒買過女孩的玩具讓他玩而不知道他其實很有女孩特性？
倒不是爸爸發神經地擔心，一個不曾深入想這方面事情的異性戀爸爸突然看到兒子輕巧的手細細地串珠珠項鍊，而且還安靜地玩很久，突然就感覺真實地擔心起來。

阿福不像我常常幻想未來，我早就把各種可能的情況都試想過了，甚至連對話我都編過好多版本！
阿福突然看到兒子女性特質的那一面，一時之間想到性向問題，於是在朋友家，大人們五花八門地討論了起來。

可惜我高級語彙知道得太少，還不夠好到可以加入舌戰跟法國人討論基因遺傳、人權、法律條文種種，但是我對於兒子的情感問題還是有我的期望。

玩具小家庭

第一希望他不要利用別人愛他的那份感情。
人家給他愛、欣賞他，喜歡的話就要好好地
去回應這段情感。若不愛對方也要早早地請
人家不要再付出。
我不能忍受自己的兒子利用別人愛他的心吃
人軟飯貪人便宜。

孩子的性向擔心也沒用，但是父母的態度可
以讓孩子的感情更開朗健康，我知道我是想
得太早了，但是想想又何妨呢？
當父母嘛！擔心多餘的事情是正常的。

第二希望如果別人辜負他的情感，會傷心也
要能放得開。
會傷心的人表示他曾經非常真摯，我喜歡我
的兒子愛人的時候是真摯的。所以我會支持
他傷心。

但我又不要他傷心太久，這樣就太固執太鑽
牛角尖自找苦吃。過一陣子煙消雲散就要開
開心心地重新振作生活才好。

當天，把珠珠串好的 小福....

嘟，嘟，嘟．

火車快跑，快跑 vite！

~fin~

玩具小家庭

玩具小家庭故事集
第18集：做夢

不是每個住在歐洲的人都住著有庭院草地的獨棟房子，我們家就不是。

我們住在一棟七○年代的集合式公寓裡，空間大小換算一下，大約是21坪。
其實我是喜歡小房子的，我喜歡房子剛好就好，不要太大，這樣就不需要花掉很多整理的時間。

可是！真的是很小啊！即使我們家已經有設計良好的儲藏空間，隨著住的時間越來越久東西越來越多，孩子越長越大玩具也越堆越高，現在的我也不禁出現想要換個有庭院的獨棟房子來住的想法。

當初選擇小房子當然也是因為價錢比較低，貸款壓力比較小，加上我每年一定至少回台灣一趟，一趟裡面包括三張機票，這筆花費我早就算進家庭固定支出，兩邊都是家，所以只能把錢均攤，法國住小一點的公寓台灣才能夠常常回去。

怎麼辦呢？
家裡只有爸爸一人賺錢，媽媽我語言不流利無法出去跟人家的職場競爭。想寫作嘛？兒子不時地在旁邊干擾，根本也沒辦法好好地寫什麼有計畫的作品。

媽"宝"專欄是唯一能做的，再多也做不來。

我媽這兩年唯一的收入……

所以，上周起，我開始買樂透了！我要來做我的發財夢，夢到底會不會成真？
我不知道，但至少要先做，做了就有機會。

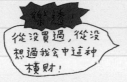

樂透
從沒買過，從沒想過我會中這种橫財！

但是，買了樂透回家之後，一向不沾這種遊戲的阿福竟然跟我談起"中大獎了我們要怎麼過日子，怎麼用錢？"這種假設題。
好啊，我這人最喜歡把夢做得真實，真實又詳細到令我心情愉悅的程度，這樣即使是假的幻夢至少我也賺到幻想的快樂！

雀躍

我先說，分成三部份！30趴給你，30趴給我，40趴作為共同家用。

我要阿福不要管我30趴這部份，我也不管他那部份怎麼用，但是小孩沒得分。

對，小孩不要給他。不然就光好吃懶做了！

獨生子更不能溺愛要讓他吃苦！

我的父母……

好吝嗇！

一開始這夢幻的話題，住在小公寓的一對父母眼中閃出了幸福的光芒！

40%
千萬歐元 改善家庭計畫

兩人各拿30%自己享用……

真是自私的父母！

我一直認為如果不是貴族世家習慣有人跟前跟後地服侍，住大房子只是讓自己打掃不完。

所以雖然很想換房子也從不幻想有游泳池有大庭院或是好幾層樓的那種。

我慎重地跟阿福說，千萬不要以為大就是好，我想要的是室內恰當有餘裕且設計精巧的那種空間，庭院有優雅的花草，夏天可以邀朋友來烤肉的就行了。

講到這裡兩人互視一眼，雖是做夢也有共識，若真中了獎就不會吵架！我們不要變成富豪大戶那款，我們只要生活輕鬆自在像一般人家這樣就好。

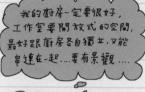

雖然你一言我一語地把夢真實地在腦中建構起來，但是我們還是非常的有節制。

阿福說他絕對不會變成億萬富翁而不去工作，他會依然繼續地準時上班，沒有錢的壓力，工作會變成在交朋友反而是享受。

同樣地也不會馬上換車子，他要自己花時間慢慢看車，直到現在的車需要更換為止。

我呢，我那獨享的30趴首先就想要先分給我的家人，自己的家人一起來享受的時候才是最大的享受。

然後如果我有那麼多錢，我覺得外在的物質似乎一點都不重要了，反而完全不去想買東買西打扮自己那種雞毛蒜皮的事情！

在億萬富翁不愁吃穿的氛圍裡我的人生最想
做的是什麼？用錢買得到的東西變成很微小
的事情，那？我最在意的是什麼呢？

那時候的我一定是神清氣爽皮膚發亮年輕十
幾歲的有精神模樣吧，穿什麼都好看、做什
麼都優雅！
但是我要做什麼呢？
我一定要好好想想！

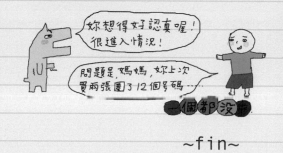

~fin~

全職養小孩也算是放長假吧？
盡做些簡單的事，
掃地、煮飯、洗衣、玩遊戲、唱兒歌……

每天只有生活生活生活，
不然就是玩些可愛的專門取悅兒子的把戲。
這些事情都沒有標準可以檢驗妳，
所有人都體諒妳，
至少表面上都有風度地理解----
帶小孩辛苦。

陪伴孩子長大有時候覺得像是在混日子。
被鬧得身體疲累、被搞得家務瑣碎，
混過一天算一天，
標準很低。
只要過得去，一天就算圓滿。

只是眼看著自己想做的工作想玩的創作，
一項一項別人都在做了，
彷彿離過去我存在的世界越來越遠。
自己只好安慰自己說「我在帶小孩耶」，
在別人拼鬥工作的時候，
我在另一個世界累積能量。

全職媽媽的工作單不是公司交派。
我得要自己想。
每天一醒來就要趕快決定今天我們母子應該去哪裡玩？
去逛玩具店？家具店？圖書館？游泳池？
去找爺爺奶奶？去找我的姊妹淘？
去野餐？去動物園？還是去搭火車？
決定了，
沒人會阻止妳。
決定後若是因為想睡又不去了，
更沒人會責備妳。
留在家裏跟兒子抱抱滾滾直到兩個人都感到滿足，
哪裡不去也無所謂。

我的工作項目很模糊但是主要的目的只有一個----
每天為自己創造幸福感。

比起職場工作的要求，
妳要表現專業積極、要有成績、要有影響力，
做得好不好還得由上司客戶們評定。

這樣比起來，在家裏的我倒像是在放假吧？
陪伴孩子長大的生活是一個長假！
我還有幾年呢？

如果你覺得自己有做錯，
就把手舉起來給媽媽
打一下。

好，你知道自己錯了，
下次還可以這樣嗎？

不可以

好, 那我打輕一点。

ㄛ…好期待媽媽
打很輕……

現在、
我們和好吧!

我最喜欢跟
媽媽和好抱抱了!

[兩歲十一個月]

玩具小家庭故事集
第19集：爸爸小孩

所謂標準的家庭主婦該做的事有什麼呢？
煩瑣的家務整理、沒完沒了的買菜煮飯、二
十四小時把屎把尿看顧小孩、跑郵局銀行等
等......只有這樣嗎？

不只！

主婦工作中一項最令人不能忽略又
"氣神魯命"的就是------家裡還有一個老小
孩要照顧，那人就是......

「爸爸越來越低能了。」身為盡責的媽媽的
我語重心長地說！

雖然阿福的身分地位上升為爸爸，但我漸漸
感到這男人只要是關於家裡的任何事都慢慢
地丟給了媽媽，自己偷偷幸福地一點一滴的
退化成幼兒。
唯一跟兒子不同的是睡覺倒是很會睡過夜，
吃飯也知道定時喊餓胃口很開。

我就是那體諒男人工作辛苦的女人，對爸爸
的要求已經降到最低點。
只要他做到"有重物要去扛、有瓶蓋要來開
、有垃圾要記得倒、有錢不能吝嗇要給我們
母子花用"，這幾點有做到我就算他合格！
除此外我完全不要求阿福花時間精力來幫忙
照顧小孩。

沒錯，爸爸唯一的小小的貢獻就是下班後陪小福玩。在我跟兒子攪和一整個白天快要抓狂的時候，阿福回家的確是一個小小的幫手。

但是爸爸陪兒子玩的方式每次都會讓做媽媽的我提心吊膽……

有時候過分了，還要我出面制止……

雖然忙於準備晚餐的時候有阿福幫忙"照顧"兒子，但事實上，也沒有幾分鐘是讓我安靜的，經常一邊煮飯還得一邊收拾善後。

爸爸阿福每次都以自己的想像憑自己的感覺激情地玩弄兒子，以為這樣會增進親子關係，弄到最後常常把兒子搞得很怒！

小福不想親爸爸這點讓阿福感到十分沮喪，他常以為兒子不愛他，誰知道我這個二十四小時把使把尿的媽要求一個親親也要看兒子心情好不好，我都沒抱怨了他沮喪個什麼勁兒呢！

玩具小家庭

跟兒子在一起除了玩，當然也不乏需要適時表現父親威嚴的時候，小孩可愛歸可愛，若是無法無天時也要教他一些規矩，這時爸爸又突然覺得任務重大。

哎，小孩子哪會聽這種硬梆梆的話，我告訴阿福一個驢子的故事，話說一隻驢子硬是停在原地不走，不管眾人如何推拉如何打，驢子死硬脾氣不動就是不動。後來有個老婆婆在驢子嘴巴裡塞了一把泥巴，驢子忙著把嘴巴的泥吐掉一時忘記自己不想走的情緒，此時老婆婆輕輕一拉驢子就向前走了。

媽媽我當然不可能隨時都有好心情對兒子好言教誨，有時候我也會受不了兒子精力旺盛的搗亂，如果這種時候爸爸阿福正好瞧見，就會很有義氣地走過來問我：小福對妳不好嗎？他今天是不是都在欺負你。如果我又一副疲倦慘兮兮的樣子，阿福就馬上轉頭過去對付兒子。

有幾次朋友來訪大家討論到生小孩之後心情的轉變，阿福每次都自認為他的人生因此有了很巨大的轉變，他常覺得自己對兒子有相當的付出心思。

算了我不計較，要比較為孩子所做的改變，我可是天大的巨變呀！阿福你下班只是陪陪小孩玩玩而已，那不過雕蟲小技，自己可別把這種付出看得太偉大呀。

不過老實說爸爸跟小福玩在一起的時候比跟
我在一起時更high，若是爸爸想盡興取悅兒
子時，小福的興奮都是破表的， 連我在旁邊
看都會被他們感染得哈哈大笑。 就這一點來
說，媽媽我是比不上爸爸的！
爸爸阿福的成熟速度老是比我想要的慢，所
以我現在日日期待兒子小福快快長大，盡快
趕上爸爸的水準， 到時候你們兄弟倆可以不
管我，盡量相約出去打球遊樂，那就是我的
好日子來臨了。

都趕快出去！

讓我一個人
在家靜一靜！

~fin~

玩具小家庭

玩具小家庭故事集

第 20 集：騙小孩

我慚愧地覺得自己帶小孩的手段好
像都以 "騙" 為主。
也只有胡扯亂編故事來騙才說得動我家小
福，尤其是亂扯故事加上稍許恐嚇最有用。

我對大野狼感到很抱歉，因為牠一直扮演著
恐怖的角色，而這個角色成功地幫我達成許
多任務，所以也好一直讓牠繼續在我家恐怖
下去。

我家附近有一間看起來荒蕪沒有整理的房子
也讓我拿來利用了。

為了合理化大野狼就住在附近，可憐的那戶
人家的房子在我兒子心中已經是恐怖之屋，
這一點雖然對方不知道，但莫名其妙地汙名
化人家的房子，我已經深深感到歉疚。

對待小孩應該都要以正面的思考來引導才
對，我也認為嚇小孩不好，應該有耐性地
循循善誘才是正軌。
但我不免還是個普通人，耐性體力皆有限，
當該出門的時間眼看就要來不及的時候

小福滿尿布的大便跑來跑去就是不給我換，
這時不使出威脅恐嚇之殺手鐧，日子實在難
以繼續下去。
在理想與現實拉扯下，一句：
「小心！大野狼來了。」
馬上可以解決眼前困境！所以我只好一直對
不起大野狼！

我自圓其說地認為沒有說「鬼來了」或是
「警察抓你」應該還好吧。
總是以後小福會知道大野狼是一個童話故事
的角色，他長大後除了動物園之外，生活上
是不會遇到大野狼的，若有什麼幼年陰影應
該比較容易克服吧？！
當然，身為有反省力的媽媽我也用了不少光
明正面的方式鼓勵小福。

一般來說母親們當然都希望自己能以最好的
方式協助孩子成長。若能夠時時發揮自己的
愛心耐心以一種可愛的方式跟孩子互動，自
己也能感受到做母親的愉悅。
能在親子良好的互動中一點一滴地認識自己
的孩子、看出他的個性、察覺他的性情，這
是一件多麼美妙的事情。
但是，我還是在美妙之中又做出了不該做威
脅……
我察覺小福是一個會感同身受的孩子。
有時候我一邊上網一邊不自覺地摳乾腳皮的
時候，小福會很著急地制止我。

眼看自己的孩子有同情心，突然想到不如將
之利用來離乳，不然我一直找不到方式把他
的奶斷掉，真是傷腦筋！

於是一天晚上我跟他說："媽媽畫圖跟你講
ㄋㄟㄋㄟ的故事好不好？"
我準備了小福的畫圖板（就是用磁吸力原
理，刷過去就會消失的那種畫板），兩人
坐在床上開始講故事。

從媽媽的身體開始畫起，寓教於樂地教導身體器官的名稱，然後再畫小福吸ㄋㄟㄋㄟ的樣子……

一邊認真地鋪陳劇情一邊快速畫圖……

眼看須立即進入高潮，不然，觀眾就要轉台了！

馬上，我畫了自己一臉淚水成河狀，「喔！原來是小福一直要吸ㄋㄟㄋㄟ結果…」

幾番爆炸之後，馬上轉為悲情

接著趕快順著此刻情境，強力灌輸我的謬論。

自從那一次講完故事之後，我兒子美好的同情心就被我利用了，離乳這不可能的任務竟然就成功地幾乎達到目的。

隔天只要我一說ㄋㄟㄋㄟ會爆炸，小福馬上很體諒地不再肖想吸一口。

但是為了更加證明ㄋㄟ的確要爆炸了，我還極盡心機地事先在乳房重點上塗滿了口紅，當小福瘾頭來的時候翻給他看，然後用衛生紙擦一擦來證明……

從此之後，小福果真再也沒有吸奶了，壞心的方法竟然就如此斷了小福吃奶的念頭，只是有時候他想睡又睡不著時會很想很想伸出他的鹹豬手摸摸奶。此時，只好趕快拉出大野狼，以大野狼的權威性擋下小福對乳房的依賴。

我這個媽媽教小孩的方式實在不高明，希望小福以後不要被我粗糙拙劣的手法影響了正常的人格啊。

~fin~

玩具小家庭故事集
第21集：喝茶之道

我一直都有喝茶的習慣，起床一杯熱熱的紅茶，睡前一杯熱熱的綠茶。吃飽後、無聊時通通要來上一大杯才會感到全身循環通暢精氣神充足。

在台灣這種習慣很多人都有，一點也不奇怪，但是在法國，我這種行為起初還被阿福質疑。

你都不喝水的，這樣行嗎？

茶就是水呀！我喝得很淡。而且……

綠茶中有兒茶素，对健康幫助很大！

本集燙髮，造型改變。請勿誤認為是隔壁太太

因為我幾乎都不生病，流行性感冒怎麼流行怎麼毒就是不上我身，所以久而久之阿福也相信我是因為長期喝茶而如此強健。

之前懷孕時期聽人家說不可以喝茶，以免影響這個、影響那個。老實說我根本沒把這事兒聽進去，還自以為有知識、有見地地過著喝茶的懷孕生活。

母体的胎盤會幫宝宝过濾咖啡因、茶因，只要媽媽自己沒有心悸睡不着的狀況，不用忌口得像是虐待自己呀！

喝吧

生產完後坐月子也一樣，餵母奶也沒減量多少，就是一整個任性地喝著我的烏龍茶過日子。

女马，我之前一夜醒多次的嬰兒生活是不是妳喝茶的關係？

喂！小朋友，不要怪罪阿里山烏龍茶，是你自己太高拐！！

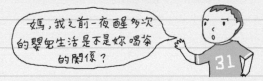

〔餵母奶時，曾經忍耐兩周不喝茶。發現根本沒差！兒子醒來幾次與喝茶無關〕

由於生活在動不動就喝酒、喝咖啡的國度，我這動不動就喝茶的行為被身邊的法國人視為一種個人特色。於是乎常常有對茶認識不深但是懷著好奇心的朋友來請教。

本來喝茶就喝茶，哪知道我休閒自娛的喝茶世界需要廣泛到遍及全球茶品？要系統深入知識化？

幾次被無意冒犯的好奇心詢問後竟然感覺自尊心微微地受到攻擊！

好啊，汝祖媽每日飲茶要開始慎重了！

你們法國紅酒有AOC標準，我們台灣綠茶也是有程序、有產地、有茶莊的！

從今以後，為了我來自台灣....

茶.之.故.鄉.的.尊.嚴

我一定要......

今年回台灣的時候到阿里山旅遊，我特別安排了一趟製茶參觀之旅，在喝茶喝了這麼久之後，我終於踩上茶園看到烏龍和金萱，也終於看到我愛喝的半發酵綠茶製造過程有多少步驟。

雖然黃茶白茶是什麼我仍不清楚？但是至少台灣極品綠茶我曾一個步驟一個步驟地看到了。以後在別人面前要誇言什麼茶論也不至於太心虛。

製茶過程已經親身體驗。
接著，就是喝茶排場了。

之前我喝茶都是雜牌軍，摔破壺蓋的日本茶壺撮合著IKEA賣的茶杯，有時候是歐式茶壺配合著仿東方花紋無耳咖啡杯，總之我的飲茶用品都在一種隨緣的狀態，哪壺乾淨用哪壺，配到什麼喝什麼。

雖然隨緣是好，這是飲茶者無為的精神。
但是場面不夠精彩，在外行人面前就會失去說服力，何況有時候人家就是想看這個排場，內容是什麼不是太重要。

雖然說排場是為了別人，但是老實說也是為了我自己。
看到那些好看的、精緻的、有特色的飲茶用具怎麼不想買來用呢？
老早就想了！

但是一直以來都擔心帶著易碎的茶壺杯子上飛機很麻煩。

買太好怕被小福摔破，買太貴怕對不起阿福的荷包，買的標準若不及個人美感層次又覺得失去意義。
顧前顧後的思慮雖十分反覆猶豫，但是最後還是買了三種不同的茶壺組。

聽我道來……

客人來排場用...

基本的都備齊囉

來飲茶

茶盤、茶壺、茶杯、茶海......

也有實用的...

平常就我一人喝，泡一大杯就行，
偶而分個兩杯給他們聞香

「三人家庭杯」

較日式的壺

大杯
我用

中杯
阿福用

小杯
小福喝

亦有自娛的...

好小巧，好可愛的
壺啊，我一定要買啦！

我直徑5cm，只
能泡一小小杯

另外還買了一個可搭配外出的竹編提籃，到
時候跟台灣姊妹們相約外出郊遊，我可以提
著茶壺籃在野外泡茶聊天。想起來就感到十
分愜意呀！

就這樣，每天都要喝上好幾回茶的我開始努
力拼湊自己的喝茶之道，而且還相當認真地
把它當作我在異鄉小家庭中娛樂自己的生存
之道啊。

品茗

媽，妳開始有老人的興趣了...

~fin~

玩具小家庭

臍帶和睡過夜

很久以後才掉下來的

很久以後才

剛剛送小福上床，我坐在旁邊看書。
突然小福把衣服掀開露出肚子，看著我說：
「媽媽請你幫我摸摸」他期待的眼神看著我。

小福有時候很有禮貌，會說「請」「對不起」這種小孩子說起來倍覺得
可愛的字眼。我感覺他說「請」的時候，他覺得自己說出這樣的句子顯
得婉轉溫柔，媽媽聽了應該不會拒絕。
所以我就說好。
幫他摸肚子。

肚臍眼那個地方，剛出生的時候，我曾經擔心過。
一般來說嬰兒的臍帶，大約兩星期內就會自動掉落。
在它尚未掉落之前，我照著小兒科醫師的囑咐，每天以淡雙氧水和棉花
棒清潔，並且檢查是否乾燥有沒有異常紅腫現象。

兩個星期中，他的臍帶都保持得很乾淨，唯一的問題只是，
一直沒有掉下來。
過了兩個星期，我想，再等個幾天應該就好了吧，
很快就可以掉下來，沒什麼好擔心的。

幾天過後，臍帶仍在。

我有些疑惑，這正常嗎？有人跟我們一樣嗎？
但，總之這不能勉強。
等一個月吧，一個月總會掉下來，還沒一個月呢！

滿月時帶去給小兒科醫師打疫苗，順便請醫師幫小福檢查肚臍。
醫師說，保持得很乾淨，應該很快就掉下來了。
之後我請教了醫師關於睡眠問題。
小福經常夜醒數次，睡覺時間很難拉長不知道是不是有什麼身體上的問
題？我請他檢查。
醫師的回答很一般性，
才出生一個月，嬰兒常常醒來啼哭是常見的狀況，
寶寶看起來一切都很正常，應該很快就會睡長了，
不用擔心。

我並不是真的擔心，
我只是覺得怎麼找不到一個母子可以和諧共存的方法？
睡眠問題大家都說三個月之後就會好。當然也有人說要半年。
好吧，就算半年也可以，總是有一天我兒子會好好地乖乖地睡覺。

緊貼在肚子上的臍帶過了一個月又兩星期，還在。

奇怪？為什麼我兒子跟別人不一樣？
人家用的睡眠方式放在他身上極難實施，連肚臍也來湊熱鬧。

上網搜尋，沒聽過超過一個月還沒掉臍帶的。
而我們已經一個半月還黏在那裡，絲毫沒有鬆動。
當然，也不發炎。就這樣靜靜待著，不走。

滿兩個月，又帶去給醫生打第二種疫苗。
再度跟醫生說臍帶沒掉的事情。
醫生有點驚訝，看了一下，很正常，就是不掉。
於是他取來一枝像筆一樣的東西，銀色的，在小福的肚臍周圍畫一圈。
醫師說，明天就會掉下來。

隔天我小心地換尿布，換了五次，一直到晚上，
臍帶並沒有順利照醫師說的時間下來。
好吧，再等一兩天吧！
臍帶不是個問題，問題是跟別人不一樣，這變成一個惱人的疙瘩。

大概是被銀色的筆劃過的第五天吧，終於。
我把這顆頑固的疙瘩收在一個紅色的小珠寶盒裡。

摸了摸小福的肚子，一邊想著我要把肚臍這一段紀錄在書裡面。
小福翻了身，趴在大枕頭上，好像已經睡著。
我正想起身回到電腦前書寫，但是小福比我快一步突然間有精神地爬起
來說：「媽媽我想給妳一個petite surprise（小驚喜），你知道嗎？」
我褲子裡面有個東西，不是現在穿的這一條睡覺的褲子，是上學的那一
條褲子。我有一個surprise要給妳。」說的時候還面帶微笑！

小福，現在不要驚喜啊，你快睡覺，我知道你可能要給我一顆學校揀來
的石頭或是一段樹枝，我知道！但我現在不要。
「真的有surprise嗎？那我明天再知道好不好？我幫你記著。你明天一
早起來就要給我surprise喔。」我趕快把這個驚喜壓下去。
幸好小福沒有堅持，他回我：
「那妳一定要幫我記住，不可以忘記！」
然後又躺回枕頭上，馬上入眠。

臍帶很晚才掉，睡覺也是，
不是半年，也不是一年半，小福一直到兩歲半有點進步，
過了四歲才穩定的睡過夜。

總是和別人、和理想的狀況不一樣，
雖然如此，難對付的過程那些較勁，似乎成為我們親子互動的特別記憶。
現在想起來，說真的，辛苦忘記了，只剩下趣味的點滴。

那個小驚喜到底是
什麼呢？隔天早上一起床
小福慎重地送到我
妹前。

我在學校牆上
撕下來的，一片
很漂亮的紙片！

送給媽媽！

就是這一片......
小驚喜...

開車的時候，
陽光曬到小福的位置。
小福很不喜歡陽光直曬，
就跟我抱怨：

[兩歲十一個月]

玩具小家庭故事集
第 22 集: 我長大了

這個月應該說是時間到了吧。
兩歲九個月………終於,
令人流淚的這一刻-----
小福睡過夜了!!

接著, 每餐每餐都會主動來吃, 會自己爬上
餐椅、甚至要拿筷子! 每一口都吃得那麼紮
紮實實, 不再像以前一口也不賞光還要追著
餵飯。

雖然不是餐餐吃到最後一口, 但是比起以前
拼命餵也不願意張開嘴巴的情況比起來已經
令我十分滿意。

不只如此, 吃飯前, 還會幫我把餐盤擺好,
餐巾紙分配好, 自己爬上椅子坐好說:
「J'ai faim, 肚子好餓」。對媽媽來說,
這一刻還不令人動容嗎?? ! !

上一個月買的尿布剩下一半, 我心想說, 看
看能不能不要再買尿布, 就試試這個月把尿
布的事解決了吧!
於是著手勸戒小福要自己小便在小馬桶中。
接著給他看巧虎, 再度加強脫尿布的世界是
多麼有趣, 長大的世界是多麼可愛.....

大約一星期之後，小福不負眾望地成功解脫了尿布。
但最令人讚嘆的是三天之內連晚上的尿布也不用穿了。我真的再也不需要買尿布了。

不過，很快地。
我發現小福上大號的時間本來一天一次或兩天一次的頻率竟然拉長了，因為忍功以及自制的關係，現在要三天、四天才願意大便一回。

總是有一好就有一壞。
吃飯睡覺上廁所都上軌道之後，馬上跟著來了另外讓人頭痛的事情。
小福發現長大實在太棒，表達自由、跑跳自如，現在的他有如飆車狂新買了法拉利最新型跑車一般，每天熱衷駕駛自己的身體，跑跳的技術層面更加翻新。

一開始還擔心這樣亂跑亂跳會摔傷，但現在的我已經是個冷眼旁觀任男孩翻滾的媽媽，若有一天掉下來摔得鼻青臉腫也好，這樣"成熟"得快些。

是的，我現在最怕的就是小福講話。
因為他一講話就變得很興奮，會越講越自以為了不起地扮演不同角色，跟動植物溝通與非生物交談……

甜蜜篇

玩具小家庭

鬥狠篇

雖然什麼對象都可以講，但是最喜歡的就是跟媽媽不斷勾勾纏。不愁沒有話題，即使媽媽不想講，他也會自己尋找、自己創造。

不管我在廚房忙煮飯還是偷個一分鐘上廁所都逃不過小福的奪命摳……

有時我會耐心地蹲下來跟兒子說：
「等一下，媽媽這個做完就跟你去。」
但是對一個還不滿三歲精力旺盛的男孩來說
"等一下"、"明天"這種時間單位他怎麼會明白？
我若不馬上過去就是忤逆他的熱情，我不回應的後果就是不斷地白目給我看。

但是說他不明白時間單位也不完全正確，忤
逆媽媽的時候又很會運用這些字眼。

兒子長大了，雖然在耗費勞力的事務上減少
許多，但還是很難擁有自己的空間和時間。

以前當他還是個不會跑不會跳的嬰兒的時
候，我還可以上網流連與人MSN。現在得
好幾天才開一次信箱，若是在電腦前能不
被干擾地坐個十五分鐘就要偷笑了呀！

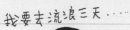

~fin~

玩具小家庭故事集

第23集：去森林騎腳踏車

爸爸阿福的想像

環法自由車賽那种
錘鍊式騎法

体力！毅力
一生懸命！

媽媽玟怡的想像

沐浴在自然的幸福中……

路边野花採一下、
比走路還慢的騎法

阿福從很久以前就常常興致勃勃地說：

找一天我們
一起去森林騎
腳踏車！

好啊，好啊！

我要

雖然兩人看來很一致，都想去森林騎車子，
但是兩人的境界其實是非常不同的。

境界到底相不相同總是要嘗試過第一次才知
道。可是我們的第一次 "森騎" 一直都因雨
延宕……

哪裡有雨啊？

對啦，的確不是因為下雨。是因為在法國的
我一直沒有自己的腳踏車，每次想安排騎車
活動的時候就想到車子還沒買！
所以騎腳踏車的事一拖就拖了大約半年。

終於，在去年我生日的時候，阿福感人地送我一台淺藍色腳踏車，當時兩人很堅定地說全家人一定要常常去森林享受自然、鍛練身體。

而且主要目的就是要帶小福一起出門活動，父母不管怎麼懶，一想到對小孩好的事情總是會優先配合。

爸爸媽媽的腳踏車已經有了，那小福呢？

小福還太小，這幾年還不能騎腳踏車，所以要買個兒童後座放在大人的車子後面。

這種後座不是隨便買就可以，還要配合車種，不同的腳踏車有不同的後座系統，為了找到能搭配的兒童後座又花了一點時間。

可惡的是我的車子是新的，所以幾乎能夠配合市面上所有後座系統。阿福的車比較屬於運動型又是八年前買的，跟目前流行的兒童後座都搭不上！這........

總不能為了兒童後座又買一台新的腳踏車給爸爸吧？

所以，載小孩的工作竟然淪落到我這衰弱嬌小不想運動的媽媽身上。

買了兒童後座之後也沒忘記買安全頭盔，這樣是不是一切備齊可以出發了呢？

吼吼！

找遍了各個賣場，為了腳踏車車架又拖延了好幾個月。

因為我們家出門最常使用的那輛家庭車 "美感"，她微翹的屁股架不起任何廠牌的腳踏車架，市面上找不到可以與其搭配的設計。而阿福那台三門跑車 "阿三" 反而可以。

美感是家庭車，媽媽開。

你屁股不是很翹嗎？怎麼ㄍㄥ不起來！

我怎知..

阿三是上班車，爸爸上班開的小車

平常要上班，假日也沒得閒!!

這樣很煩耶!
家庭活動應該是開大台的家庭車出去，要帶什麼有的沒的比較方便。
而騎腳踏車時，小福應該由爸爸載著在森林漫遊，媽媽一個人騎著自己的車可愛地跟隨在一旁遞飲水給餅乾⋯⋯
一家人到森林騎腳踏車不是應該這樣嗎？
但為什麼理想和現實總是有著尷尬的差距？

為 什 麼

為了達到 "森騎" 的理想，我們接受了現實的尷尬！
好吧～這樣也可以啦。

一年半後，1 an après⋯⋯

我們家終於做好了準備⋯⋯

KID.A.

爸爸難得在假日八點起床⋯⋯
媽媽難得一起床就換下睡衣穿上好有精神的運動服⋯⋯
可是，

腳踏車架竟然裝了一個多小時才裝上去！

好，可以了。

去把腳踏車推出來吧！

是！馬上去

然後我去停車區找腳踏車的時候發現已經鎖了一年半的兩台腳踏車緊緊相依在一起，而鑰匙呢？

等到找到鑰匙的時候，已經是中飯時間了
....

~fin~

玩具小家庭故事集
第24集：假期？

夏天一到，公婆又要去渡假了！雖然我覺得他們平常的生活離渡假並不很遠。

公婆的住家在鄉下，佔地頗寬闊，庭院大概是八個籃球場那麼大，種了許多花草樹木，並且自己DIY一個游泳池以及泳池邊納涼烤肉的小屋，放眼望去，四周皆是美麗的鄉村景觀。

雖然住得如此愜意，但是身為標準法國人的他們，渡假已經變成快樂人生必要的責任以及優良國民須遵守的行程表。因此暑假一到，若不立即離家出去玩會彆扭地像身心失調一般！

我們要去土瓦参觀城堡，請你們幫我們顧家兩星期。

記得澆花和餵貓！

當公婆離開家裡之後，我們一家三口馬上準備了三大箱行李進駐公婆家擔任假期管家。

這周末要不要來辦party

難得場地大呀！

嘻……

我們在市區的家是一間大約70平方公尺小小的公寓（不是「坪」是「平方公尺」），一下子移師到八個籃球場大的鄉下房子，感覺很豪華，就像在渡假。

公婆出門住便宜旅館到處流浪……

然後把有冷氣有游泳池的房子讓給我們住……

實在……對我們太好了！

最高興地莫過小福，他有大片的草地可以奔跑，有貓咪可以追逐，而阿福下班後急奔回家馬上就可以跳進游泳池消暑。

而我呢？

我要享受這寧靜的鄉間清新的空氣！

氣場很好的地方啊！

在這種還鏡中，我當然喜歡住在公婆家（況且公婆不在！）。

一開始，我想像著自己能好好地運用這寬敞優美的庭院每日過著自然有機的生活。或赤腳散步在翠綠的草皮上，或每天站穩在天寬地闊的大樹下，或天地寧靜時可以一個人不受鄰人往來車輛干擾，能兀自靜靜地練個氣功、自發功什麼的......

呦～如果這樣生活在鄉下，兩週後必然精氣神充沛容光煥發，有如渡了一個「身心美容假」一般！

但是兩個星期下來，我竟然一次什麼雜牌功都沒練成？甚至好好地走到樹下靜靜坐個五分鐘的機會都沒有！

「兒子啊兒子，都是因為你呀！」媽媽我氣很虛地喊著！

雖然公婆家有大片的草地任小福奔馳，但是也有一個游泳池在旁邊虎視眈眈，小福快樂忘我地奔跑時，誰知道危險何時會發生？

我擔心小福為了玩球追到游泳池邊，一個不小心若掉下去該怎麼辦？如果掉在淺的那一邊，我還可以立即跳進去搶救，但是如果摔落深及兩公尺的那一端，我很可能救不上來。硬要跳下去拉的話也許母子倆就這樣在寧靜的鄉間默默沈入池底。

也試過起個大早站在院子中最雄偉的樹下練功，趁小福還在睡夢中也許可以偷個一小時安靜時光......

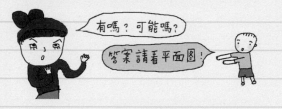

玩具小家庭

因為大樹在庭院的最角落......

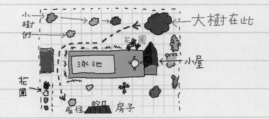

大樹在庭院的最深處,一走到那裡我就看不到也聽不見房子裡的狀況,兒子有沒有醒來?在玩?在哭?有沒有去亂玩烤箱被燙到?有沒有搬椅子爬上洗手台玩肥皂摔下來?...

......看不見比看見更令人分心,只要房子裡出現一點小聲響,我就神經緊張地趕快奔回房間。

反正這本來就不是渡假,平常在家就很難有自己完整的時間,現在練不了功也是應該的。而且我還是有該做的家事要忙,只是換個場景,該做的事情一樣沒減少反而還多了一項耗時費勁的澆花工作。

澆花,你別以為澆花提著小花灑很優雅,我公婆家的庭院要三條千斤重的長水管才能全面澆透,牽著長達20公尺的水管在太陽下曝曬一兩個小時,想優雅也優不起來(這裡太陽要九點半才下山),而且澆完樹木花草還要收水管,彎著腰把這些沈重的水管整齊地捲在一起,我一整個有苦命的感覺!

每次小福看我拿水管噴水,以為我也在玩,他快樂地把全身衣服脫光光。

大型的澆花工作完工,還有小型的。
婆婆有一些室內的盆栽和幾盆玻璃屋的植物,這些較精緻的花草就要提水壺一一澆透。

小型澆花結束，接著要去車道旁的玫瑰花圃接上另一條水管。這裡是慢滴法，只要打開水龍頭讓戳洞的水管均勻地滴水就好，很簡單，只是……兩小時後要記得關水。

雖有小小的苦命，但是每天早上一起床走到庭院看看所有的植物，看著草木們精神地冒芽抖擻地開花，心裡竟然也有看著小孩長大的成就感！

~fin~

玩具小家庭

上飛機之天涯之旅

第一次帶小福坐飛機回台灣，我還滿緊張的。
那時候他大約十四個月。
緊張的原因是擔心他在飛機上哭鬧不休！
飛機是個密閉空間，
如果小福起番我哄不下來影響了鄰近乘客的休息，
那我這個臉皮薄的媽媽可擔待不起。

後來事情沒有我想像的那麼可怕，
經過了幾趟之後，我還發現了樂趣。
搭飛機那兩天（我們往返台灣法國一趟經常需要兩天）
我把它當成常態生命中多出來的兩個日子。
兩天當中，
沒有家人、沒有學校、沒有認識的人在旁邊、沒有煮飯、沒有晾衣服、
沒有九點到了一定要睡覺七點半一定要起來的規則、沒有電話、沒有電
腦、沒有工作⋯⋯
什麼都沒有
我感覺這種「沒有」很有一種美麗感，
我把搭飛機的整個過程當成母子相依為命的天涯之旅。

「兒子，我們兩個只有這兩天了」
我盤算著生命中多出來的兩天母子兩人應該如何依偎？
飛機上非常狹窄，果然我們做什麼事都黏在一起。
沒地方可以去，也沒事情可以分心，
唯一要做的就是跟兒子一起玩。
認真仔細地玩每一個細節，
把自己變成小孩子就會忘記大人的時間感，
整個人熱切又主動地沉浸在幼稚的世界，
就不覺得搭飛機時間冗長。

平常在生活上不見得有機會完全關注在孩子的身上。
五個小時？九個小時全然地專注？
說真的平常沒有這麼有耐性。
唯有搭飛機的時候我可以。

我猜，
在飛機上小福一定覺得媽媽變得好好喔，
怎麼跟平常不一樣！
都不會說「等一下」「你自己先玩」「媽媽在煮飯不要過來」這種話。
小福一定覺得在搭飛機的時候，
媽媽變成一個很好的媽媽，
分分秒秒陪他畫圖貼貼紙講故事又玩很多亂七八糟的東西。
媽媽隨時候教，簡直完美！

兩個人精神好時你來我往地亂講話。
累的時候就把揹巾安全帶調整好抱在一起睡覺。＊註

中間或有兩度轉機，
剛好下來走走跳跳舒展筋骨。
有電梯可以自動上下、有電動走道感覺像是飛著走路，
這些都是好好玩的東西，
所以小福要玩多少次什麼我都不會說「快一點」「不可以」「你給我下
來」。
轉機時間很長，我讓他玩到爽。
旅程中小福真是高興啊！
媽媽也很高興。
這是我們相依為命的天涯之旅。

像這樣的生命中多出來的兩天，
身邊什麼都沒有只有我們兩個，
我們像是拋棄了世界一直向前行走的一對母子
等待著抵達下一個新世界。

＊兩歲之前嬰兒是沒有座位的，除非妳幫他多買一個位置。雖然有時候
可以獲得一個睡覺的牆籃放嬰兒，但是只要飛機一進入亂流稍微振動，
機長就會廣播要求媽媽要把寶寶重新抱回坐位上綁好安全帶。這樣抱來
抱去的反而吵到寶寶睡眠。所以我通常都直接抱在身上一起睡。我身上
會先綁好親密揹巾，整個包綁起來，兩個人就可以安心地睡很久。
網路上大家可以找到很多如何帶幼兒上飛機的建議。
而我唯一的建議就是，享受那個相依為命之天涯之旅的美感。＊

早上把一條過熟的香蕉壓碎，淋上蜂蜜，
加一點裝飾的巧克力粉，
小福看到就一直叫......

這麼心急，這樣不行喔！
我說，

小福馬上轉為乖巧重複我的話......

[兩歲六個月]

玩具小家庭故事集
第25集：**出遊寶物**

上個月阿福向公司請了七天假期，我們去了一趟愛爾蘭。這是第一次完整的「三個人小家庭」旅行。

每年固定回台灣的返鄉之旅以及公婆跟隊的家族之旅外

這是我們第一次帶小孩出國

旅行中沒有公婆幫忙也沒有自己爸媽當替手，所以我出發前用心的事情並不是打包行李和閱讀旅遊手冊，而是規劃著七天之內要怎樣使用各種器具來幫我安撫兒子並且解決困難。

阿等，困難？何困難之有？

賢妹，妳有所不知啊！

雖然從小福一歲開始我們就常常帶他到處去旅行並且每年回台灣，但這並不代表小福跟著我們出門就會服服貼貼地配合行程。

小孩就是個小孩，出門旅遊要小孩乖，還是得看父母的手段高不高明。

三年幼兒旅遊經驗下，被訓練的不是小福，是……

他媽呀！

記得小福14個月的時候我第一次帶他坐飛機回台灣。姑且不算飛行時間，光在巴黎轉機就要等上四個小時。

在戴高樂機場混到不能混的我們找到一個什麼都沒有的兒童遊戲區坐下來。

眼巴巴地看著別的小孩開心玩著自己帶來的玩具，小福在旁邊流著羨慕的口水。幸好有個好心的媽媽分我們一台小汽車，解除了小福的哭鬧警戒！

從此之後，我意識到帶小孩出門隨身物品的重要性。

再怎麼
精簡行李
也不能不帶......

非圓
形狀的
玩具，

小單包零食

千萬不能帶球！
撿球會撿死你

所以愛爾蘭這一趟，我在出發前就苦思著對
付小福的寶物。它們一定得實用、一定要輕
巧、一定要能取悅小福......

我基本的第一寶就是彩色筆和一本空白
筆記簿。

簡單又
多變的寶
物

一边編故事
一边画。

PS：
帶
故事書太重了！

一本又能說一個故
事，不經濟！

接著是二寶----貼紙簿。

小福進入喜歡貼貼紙的年紀，正在興頭上，
趕快買來用。

簡單的貼紙，不用我們大人參與
，小福可以自己玩的那種，大人
要專心聊天時用。

但，它可以維持的時間很短。

可以塗顏色的貼紙簿
，再拖延一點時間，
與「第一寶」彩色筆
配合使用。

有故事性的貼紙簿，玩到最後不
管怎樣，一定還是要爸媽講解說
故事才會罷休，所以就帶了。

第三寶當然是準備了男孩不敗 百玩不膩的
小汽車。

但是為了增加爸爸跟兒子互動的樂趣，總要
準備一些爸爸也有興趣玩的，於是我添購樂
高的組合小汽車（給五歲以上，爸爸心智加
兒子年紀除以二），這樣爸爸跟兒子玩組合
汽車比較不無聊。

玩具小家庭

但是樂高零件很小，容易丟掉，並非理想寶物。為了整理方便，我清出一個小鞋盒把所有汽車玩具全部裝進去。

在「玩耍寶物」之後還帶了「屎尿寶物」。
戒掉尿布不久的小福已經會主動說要尿尿要大便，但是出門在外畢竟不是在家裡的小馬桶上廁所，我怕外面的廁所不乾淨也不想讓小福把別人的廁所弄髒。
所以我多帶了兩樣東西。

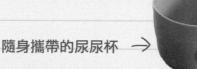

隨身攜帶的尿尿杯 →

只要小福尿急，尿杯馬上從
包包裡取出，在馬路邊也好，在名勝古蹟風景區也好，褲子一脫馬上就解決。

如果剛好附近有廁所，進去之後我還是會使用尿尿杯。因為小福這年紀的身高，GG剛好碰到馬桶邊緣，我很怕小福一靠近馬桶就會沾到眾人尿濕的那一圈，所以即使進了廁所我還是使用尿尿杯比較能顧及衛生。
尿完後，把杯子洗一洗乾淨，再盛清水下來給小福洗手。（洗手檯有時候也很髒，不如把尿杯洗淨來用）

隨車攜帶的便便盤

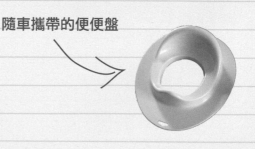

一開始想帶便盤的時候還覺得自己會不會太神經質、帶太多東西了？但其實在愛爾蘭我們是租車旅行，東西就放在車裡，一點兒也不礙事！
後來發現這寶物在我們每天出門時給我帶來不少安心感，管他小福的便便何時到來我都有法寶在側。

可以直接放在一般馬桶上，若是使用外面的廁所，先擦過馬桶座圈再放上去也能稍微隔離公共馬桶的污穢，

小福努力大便的時候是我短暫自由的片刻....帶這個真好！

慢慢大喔～

嗯

坐著

安穩地

這次的旅行讓我透徹地運用了寶物的功能，七天內小福很聽話，旅途顯得很順暢。
這讓我對未來跟孩子一起旅行充滿信心！
只要選好寶物，帶著小福想要到天涯或是海角就沒在怕的啦！

問題是 我沒事先閱讀愛尔蘭的旅遊資訊，該怎麼玩都不知道....來這裡我們到底玩了什麼？

我有閱讀地圖

在愛尔蘭一直開車的一家人....

我盡情地玩玩具！

~fin~

玩具小家庭

玩具小家庭故事集
第26集：媽媽狗仔隊

我們住的地方離學校很近，站在陽台上可以看到小福就讀的幼稚園。

家裡離學校只隔著一條綠蔭小路是多麼的方便。每天早上從從容容地帶小孩上學，快遲到的話也只要稍微趕一下還是可以在導護阿姨關門前到達。

把小福交給老師之後我自己走回家更不需要一分鐘，快步到家後，我的早餐還是熱騰騰的，沒有關掉視窗的youtube影片甚至還沒結束。

上個月就是小福上幼稚園的第一個月。

剛開始幾天，小福對學校展現出十足的興趣似乎很進入狀況。但一進入第二個星期，我就頭痛了，他跟很多不適應學校的小朋友一樣，一到上學時間不想離開家裡，送到學校就大哭。

雖然哭一陣子小福還是會融入老師的唱跳活動，但是做媽媽的我忍不住猜測兒子在一個全新的環境中可能的反應，說擔憂倒不是，反而是充滿好奇。

兒子從出生到現在沒有一刻離開我的掌握，即使是阿公阿嬤幫忙看顧，環境和對象也還是熟悉的。而學校完全不一樣，老師、同學、空間、活動都是第一次接觸，三歲的小福在他人生的第一個"社會"到底表現如何呀？

早上大約十點多，幼稚園小朋友陸續到戶外遊戲區自由活動。

正值新生入學的階段，嚎哭的聲音不斷傳來，安坐家中的我被這些幼嫩的哀嚎搞得坐立不安。此時心中不免浮出兒子的畫面----小福會不會也在此列呀？他的哭聲很響亮是可以傳到家裡的呀！

快去瞧瞧，反正陽台就在那裡，不看白不看。先確定一下是不是小福，如果不是他，我繼續安心地點我的youtube來觀賞，別人的小孩我就不管囉！

一上陽台放眼望去，沒想到我看到........

雖然看到的不過是一個很小的背影，但是站在遠方的媽媽感受到兒子巨大的落寞？？？

隔天送上學，一樣在小福的悲啼中快步走回家裡。

這一天我心中懸念著答應兒子的事，很早就在陽台待命，找要站在他看得到的地方......

下課時間忘記媽媽的存在，嗯，有進步，太好了。隔天我繼續以貼身侍衛的責任感以及狗仔的熱情在陽台注視著校園......

而這一天......豔陽高照，園裡的小朋友每個都脫掉外套在遊戲區裡奔跑著，一個比較大的小孩騎著三輪車到小福身邊，好像對他說了什麼要幫他脫掉外套的話，而且也出手幫小福拉下拉鍊。

玩具小家庭

我用數位攝影機把這整場劇拍下來，晚上再度拿給爸爸看。
爸爸不發一言，因為他沒看過自己的兒子這麼失落。

為了讓小福快快適應學校，天天下午外加週末我都帶他到公園玩，希望在公園裡能夠遇上同班同學，搞不好交到好朋友之後上學的問題就解決了。

但是沒想到幼童的心竟是如此冷漠......

奇怪，昨天還玩得那麼快樂，怎麼今天一早三個人完全不熟的樣子？

不喜歡上學的情形大約持續了兩個星期，突然有一天不哭了，在我離去的時候還笑著跟我說再見。

但是兒子吃飯很慢，我得要想辦法看一下。
學校餐廳在停車場的另外一排，站在陽台是
看不到的。如果要稍微瞄到一眼的話，我得
躲在車子裡面了........

~fin~

玩具小家庭故事集

第 27 集：育兒書的打擊

在懷孕的時候常常想像孩子出生後我會怎麼生活。當時孕婦的荷爾蒙總是讓自己浸淫在幸福的景象之中。

當然我知道小嬰兒是沒那麼好伺候的，但是我相信有很好的態度和方法就一定做得到。為了達到這樣的情境，在生產前我不僅熱烈地加入網路上媽媽網站的討論，市面上口碑好的育兒書都買來研讀了，可以說有備而來，做足了當媽媽的功課。

在小福出生前，我以為自己已經做好準備來馴服新生兒，我以為自己可以跟寫育兒書的作者們一樣有穩定的態度堅強的意志來面對生產後新生命加入的大轉變......
當時，我甚至覺得如果我認識作者們，任何一個，一定會和她們成為好朋友，因為她們的想法根本就是我的想法，我由衷地認同。

那？
我到底會不會帶小孩？也得要實際走一遍才知道！

這是實戰，養小孩不是紙上作業！

三年多前，兒子出生的那一晚，事實證明了我事前準備的那一大袋育兒妙方在生產的隔天就完全破功！
小福從出生的第一天夜裡就直接non-stop哭到隔天。

在醫院的七天裡，幾乎都在對付小福的大小哭聲。我印象中除了把小福放在我床上吸奶的時刻是安靜的之外，其他不論白天或是夜晚，都是折騰的畫面。

ps:法國才沒有坐月子中心。
新生兒就在你的床旁，自家人自己照顧。

回家後，趕快回到原先的計畫，遵循著嬰兒與媽媽分房的第一條規則。
小福睡在我們為他佈置的房間內，房間有小床也有搖籃，有哄睡的床頭玩具，枕頭邊鋪著有媽媽味道的柔軟睡衣。不管是光線、溫度、聲音都調整成催眠模式。
我也依照著該有的餵奶時間來訓練小福對時間的規律感........，都這樣對待兒子了，他還能不被馴服嗎？他還能睡得不好嗎？

一天不好要持續，兩天不好要忍耐，三天之後還給我變本加厲我就動搖了.......
怎麼搞的？兒子呀，別人家的嬰兒都馴服了，為何你這也不行那也不行？

拼了數天，兒子沒有變得比較好帶，睡覺時間也沒有拉長！唉呦！！我不要堅持了啦！再堅持下去，可能需要叫救護車帶我去醫院躺平。

哭就抱，要喝奶就給喝，這不就天下太平了嗎？搬來一起睡啦！我幹嘛深夜裡兩個房間跑來跑去？

奇怪，育兒書中舉的那些例子為何輕而易舉就能達成？即使不是輕而易舉也是置之死地就可以而後生，但是為何我已經魔鬼死地走過一回，小福生不出個良好反應來慰勞我一下！！！

也有人說，晚上想睡覺就要靠老公照顧小孩。但是這一招在我家實在很難實施。

要阿福捨棄幾個小時不睡覺來照顧小福的結果是更慘。他睡眠不足、兒子一直哭，然後我也不能睡！最後全家情緒大糟。

我馬上認知一件事實，媽媽網站討論區裡的那種理想爸爸，並不是我家的這位爸爸。
不是每個爸爸都是育兒型的，也不是每個爸爸隔天的工作都可以帶著疲倦上工。
隔天阿福的工作會因為睡眠不足受到很大的影響。滿腦子想睡影響專業判斷，萬一飛機的電纜線接得不夠正確，輕則影響其他部門的進度，嚴重的話那後果我們可承擔不起。

所以我們協議，他好好睡覺認真賺錢並且保持良好情緒。
而我，就全權負責育嬰事宜。

因為小福醒醒睡睡找不出規律性，我試圖記錄每天的狀況來參考……

最困難是半夜。一夜醒五到無數次！有時候一小時、有時候十五分鐘就醒來哭，最痛苦的是我才入睡他老兄就醒來，這種狀況下，請問各位媽媽，你們還能詳細地記錄發生什麼事嗎？

經過努力與掙扎，我兒子在訓練過程中的反應總是與書中說的結果不一樣。 其實書裡所提到的觀念也曾經是我育兒的信仰啊，我也想要擁有那種輕鬆有規律的育兒生活，我也想要小寶寶自己睡著小床一覺到天亮的愜意，我愈想照書上的說法去訓練就愈覺得自己很糟！

為什麼別的媽媽可以
我卻不行……
我一定是哪裡太糟了……

睡眠計畫從未成功過！
心情收拾好，待我重新充滿鬥志後又再度開始，然後又在挫折中無疾而終。
不死心，再等心情收拾好，再給自己機會試一次，結果還是亂七八糟收場。

呵， 我突然覺得，一夜醒數次的生活比訓練嬰兒睡過夜的過程要輕鬆很多呀！

丟掉育兒書的我，變成一個
自暴自棄的媽媽！

三年來就這樣混過去了，自暴自棄的我沒規則地渡過了我的育嬰期。

~fin~

玩具小家庭

玩具小家庭故事集 第28集：聖誕老公公寫信來

離聖誕節還有一個半月之前，我就已經挫著等！

因為家裏要準備佈置聖誕樹，同時也要開始購買聖誕節的禮物。更重要的，就是要持續地以聖誕老公公響亮的名號不斷地催眠兒子：「你要乖乖，要聽話喔。這樣聖誕老公公就會送禮物給你。」

小福直到目前，四歲，心中對聖誕老公公懷有一份親切的敬意。 但是已經逐漸成長的他，對於這夢幻中的人物並沒有具體感，也就是說，很有可能在不久的將來（也許就在明天），他將戳破大人美麗的謊言。

婆婆一直希望孫子不要發現這個事實，她希望小福盡可能地保有對聖誕老公公純真的期待。於是在一個半月之前就跟孫子一起寫了一封信給聖誕老公公，煞有其事的向papa Noel問好，還在信中吩咐了聖誕節想要的禮物。

寫上地址……
貼上郵票……
丟進郵筒……

是要等到哪裡去？

那一陣子我一直忙著在整理這本書，工作、家務、聖誕節佈置種種事情圍繞著我，容易心煩氣燥。為了不讓小福糾纏媽媽、為了轉移兒子對我的注意力，我幾乎一個禮拜就幫他買兩個樂高小車讓他組合。不然，我實在沒辦法順利工作。

只要一坐上椅子，小福馬上跳上來。

他
給我下來！
媽媽，在做什麼呢？
別的孩子會這樣嗎？嗚——

而且，為了讓他花更多時間在遊戲上，我買的是很小塊的那種樂高。沒想到，喜愛看說明書的兒子十分配合，非常有耐性地照著步驟慢慢完成。最早的三輛CITY系列車自行組裝完成之後，成就感頗高，接下來就變得非常熱衷，完全地成為樂高粉絲。

連續買了一個月，我的稿子也差不多整理好了，終於可以專心對付兒子的時候，難以收拾的場面來了……

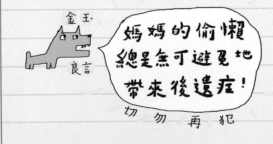

金玉良言

媽媽的偷懶總是無可避免地帶來後遺症！

切 勿 再 犯

兒子在連續擁有新樂高的頻率中已經習慣媽媽經常買樂高給他。後來幾乎每天都要求我再買一個新的、再買一個新的！

我好言相勸地說：「你把舊的拆開再重做一次嘛」、「你可以發明新的車子呀！」、「你可以……」

唉～這些話如此合理、如此無趣。小福怎麼聽得進去！他要買就是要買。

「以前媽媽都會買，現在為什麼不買？」媽媽前後態度不一，小福心中對於這一點很不滿。

每天，我都得小心翼翼地轉移他買玩具的心思。有時候騙得過去，但是經常無意間他又想起來。面對兒子的固執，最後只好使出苦肉計。

這樣一說，他稍微暫停了一天。但我心想，這不知道可以維持多久？

隔天，從外面回家的時候，我順便開了家裡的信箱。信箱裡躺著一封信。

我向小福解釋，那是銀行寄來的對帳單，是小福從出生到現在爺爺奶奶們給他的錢，爸爸媽媽把這些錢存在銀行裡。

我不講還好，我這一講，小福眼神馬上咕溜一轉……

一時不察！

竟然被小福發現他自己「有能力」買樂高，不需要靠爸媽。

接下來，小福要買樂高的熱情又熊熊燃起。

為了讓小福不要一直想起樂高，我認為家裡不可久留，一定要離開有樂高的家裡讓他到外面跟別的小朋友玩。

所以我帶著他到處串門子。

玩具小家庭

在朋友家一直給人家打擾到八點多。小朋友玩得盡興，當然樂高的事情沒有再提起。
我心想，大概忘記樂高了吧？而且玩具店也關了，現在可以回家了。
好不容易從小朋友堆中抽出小福，拉上車繫好安全帶。小福乖乖坐好，滿臉幸福地說：「好，我們現在可以去買樂高了。媽媽！」

跟他解釋玩具店關門了、解釋家裏已經很多樂高了、解釋他有錢但是我們沒有去銀行領錢也沒有現金可以用......這些大人的說明，四歲的小福完全聽不進去。
而，我終於也發飆了。

我把車子開向商業賣場，一路上跟小福嘔氣沒音樂也沒講話。
開到賣場時黑漆漆陰森森的，我還有點怕。
車子停好，回頭一看！

當時我其實是可以直接開回家的。
但是，我想如果就這樣回家，隔天小福醒來一定會覺得我在騙他，沒帶他去看玩具店！
所以我非常狠心地把小福搖醒。
「給我起來，你看，MAXITOYS關門了！」
「你說看看，媽媽有沒有騙你？」我簡直就沒把兒子當四歲小孩對待。
小福先是一驚醒來，然後看到他朝思暮想的玩具店大門深鎖，又聽到媽媽憤怒驕傲（媽媽贏了）的聲音，接著就是大哭了。

玩具店前面教訓兒子一頓，後來在小福的啼哭中回家。等小福睡著之後，我一個人坐在書桌前反省，覺得這個作法實在很粗暴。
使用對抗的方式沒辦法影響兒子。他不吃硬的，我得想個軟的方式才行！

當媽媽的人一定都有這種感觸，自家的孩子最不聽自己媽媽的話，別人（包括老師、外面的阿姨叔叔、警察等等）說的話都比媽媽講的有份量，外人的警告比較有用，外人的勸戒他們才會聽。

爸爸因工作不在家的這幾個月，我一個人單打獨鬥，跟小福天天混在一起，媽媽的話簡直變成耳邊風！

我一定得找個更有影響力的人來幫我才行！

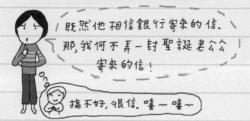

既然他相信銀行寄來的信，那我何不弄一封聖誕老公公寄來的信！

搞不好，很信。嘻～嘻～

馬上，我熬夜著手寫著聖誕老公公的來信。
但是到底要寫中文還是法文？
我又陷入兩難？
寫中文，我洋洋灑灑十分鐘搞定。但是寫中文好像不太像聖誕老公公，小福馬上就會聯想是媽媽在騙人。

寫法文嗎？寫一段開頭可能我要花上一個鐘頭來檢查動詞變化和生字。

我的配備之隆重....

漢法 CHINOIS FRANÇAIS

法漢 FRANÇAIS CHINOIS

〈英→法〉 〈漢→法〉 〈動詞變化〉 GUIDE de Conjugaison

線上字典

頭痛

只不過是寫幾句話，還得動用這麼多道具！

我盡量地把內容寫得很簡單，挑我會用的法文單字為主，但是，兩個小時之後仍舊未能完成。

隔天，婆婆來了。

我馬上把這個計畫告訴她。她非常同意我的作法，於是我們攜手並進，一起完成聖誕老公公的法文信。

妳這樣寫，語氣不太對，要改一下......

好的！

改了一半以上....昨天都白寫了！

雖然說小福還沒學認字拼音，但是他自己已經會拼字母念出差不多的發音，所以我跟婆婆都不敢馬虎，拼音和文法都有注意到。

寫完後，列印出來。我在信後面用金色的簽字筆寫上 papa Noel 的簽名，以證實是偉大的人物（金的嘛！）又找來家裏不知哪裡給的一張有雪花的卡片，把這一封信夾在卡片中才裝進信封。

趕著去接小福下課之前，我把這封信丟進信箱，等著待會兒要裝模作樣的上演一齣戲。

....返家了

等一下，你怎麼又有一封信？是銀行寄來的嗎？

喔～NEo 有信啊！

給我看

咦？怎麼是寫......papa Noel 寄來的？

小福有點疑惑看著我。我馬上說：「不可能啦！那是廣告信，騙人的啦！」我一副不在乎的樣子，對小福使出"那封信可以丟掉也沒關係"的態度。小福見我如此反應，反而護衛起自己的信件。

「那不是廣告信，那是我的信」小福手裡緊抓著信件向我抗議。

然後，我又稍微演了一下……

進入電梯，小福馬上撕開信封。

因為不曾自己開過信件，信封開口被他撕得很破。小福突然像做錯事一樣抬頭看我一眼：「這樣可以嗎？我撕破掉了……」我壓抑著成功的喜悅，馬上說：「沒關係，聖誕老公公不會生氣的。」

我心中暗爽，十分篤定地，我知道小福已經跳入陷阱了！

回家後，我請婆婆代我唸出聖誕老公公的來信，"因為媽媽的法文不好，沒辦法全部讀懂"，所以我跟小福一起聽，一起看信，還裝出認出裡面幾個重要字彙的驚喜。

小福很驚訝聖誕老公公知道我們昨天晚上和今天早上發生的事情。

他心中很肯定這位大家口中的白鬍子爺爺確有其人，而且一直在觀察著所有小朋友的言行！

從這一天開始，吵著要去買樂高的事情終於告一段落。

因為他知道聖誕老公公的眼睛可以看很遠，也可以穿過牆。如果不乖的話，聖誕節就沒有聖誕老公公會帶禮物來……

~fin~

就是這封聖誕老公公
寄來的……

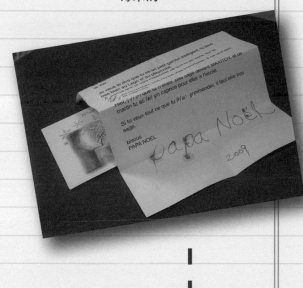

親愛的小福，我是聖誕老公公。
昨天晚上我看到你。你在MAXITOY門
口跟你媽媽在車子裡。

我從天空中看到你。我住在星星圍繞
的天空中，星星幫我照亮地球。這是
為什麼晚上我還可以看見你跟媽媽坐
在車子裡。

我要跟你說，你是個聰明的小男生，
你很會玩Lego和Playmobil。
我想，今年聖誕節我會帶給你想要
的禮物，就像你在信裡跟我說過的。

但是，有一件事非常重要，就是小朋
友不可以任性。
昨天我看到你在MAXITOY門口不乖，
而且今天早上你還不聽媽媽的話不
想去上學，這樣不好。
如果你想要獲得我帶給你的禮物，一
定要乖乖。

親親
聖誕老公公

玩具小家庭

無我練習曲

很多人說當媽媽的人要記得愛自己，不要只奉獻給家庭而忽略了自我。但我覺得這種說法我用不上，當我帶小孩帶得十分煩躁又找不到人能幫忙時，這樣的說法只是讓我覺得自己很可憐，有了小孩我怎麼都沒辦法愛自己呢？

我有一堆朋友、一堆興趣、一堆想做的工作以及一堆想享受的事物，這些充滿自我的東西在剛成為媽媽身份的時候全部遠離。生活中完全被家庭跟兒子佔據，想做的事不能做，讓我在情緒上變得自憐，太疲倦的時候充滿著莫名的憤怒。
為了照顧小孩而無法做自己，比如只是簡單地想好好地坐在電腦前回兩句msn對話也做不到，一陷入這樣的窘境，就覺得日子過得綁手綁腳受盡束縛。

經常為了想要擁有個人的一點點自由，趁兒子睡著之後又起床做自己的事。坦白說，只是想要輕鬆的感覺，根本沒有重要的事情該做。像是上網看台灣的電視節目或是一些無意義的網路瀏覽，就這樣浪費著該睡覺的時間來成全一點點"愛自己"的感覺。而這樣之後，睡眠不足的隔天，疲倦的我敷衍著兒子的呼喚，連做飯都覺得煩。
越想"愛自己"就越忽略生理心理都還非常幼小非常需要媽媽的兒子，然後招致的結果就是得不到安撫的兒子更來擾亂我，成了惡性循環。

不是說要愛自己嗎？愛自己要多少才夠？才不會太少也不會太多？
偶而給自己放假兩個小時可以嗎？
兩個小時？我怎麼夠用呢？出去逛街也來不及呀？
即使在家上網混時間，兩個小時？部落格文章、圖片才剛整理好，時間就到了，我真正的娛樂還沒開始呢！

不管是放任自我兩個小時、八個小時、甚至兩天，得寸進尺的自我永遠都覺得不夠。

越想愛護自己卻越被自我糾纏。這樣的循環干擾著我的情緒。

所以，老實說在這段全職育兒的期間裡我一直在反問自己，為什麼我要做這麼多自己喜歡的事？那些是真的必要嗎？
不需要的，就把它放棄吧！

原來我感到十分束縛的並不是寶寶糾纏著我，而是我一直想活在自己的節奏裡。但有了新生寶寶之後整個節奏都不對了。我的主旋律怎麼都彈不好！越彈越生氣，拉也拉不回來！

那乾脆不彈了可以嗎？

我可以練習一下無我之歌嗎？

即使真的被孩子糾纏不休，無我一下不行嗎？我趁現在練習「無我」、練習「放下自我」，想要修煉心性，這不是最好的機會嗎？

每次總是在我決定豁出去把自己忘記好好地跟孩子耗時間的時候，孩子整天都很好帶，跟他玩各種遊戲時會感到小福喜歡媽媽而表現出很強的學習力，我自己因為認真對待兒子又獲得十足的回報，反而心情十分愉快。

無我之後的我，是一個比較好的媽媽。
而且是個比較快樂的媽媽。
我想，至少在孩子上小學之前，我應該一直持續這樣的練習。

無我之後的我，被兒子修正生活習慣，他讓我早睡早起。讓我每天吃早餐。讓我不至於天天坐在電腦前浪費時間。我必需要唱歌、我要笑、我要去公園奔跑、我沒時間逛街花不必要的錢......這樣無我之後的我，其實過著比以前更健康的生活。

我媽媽說（我媽說的就那幾句，都被我用上了）：妳呀不要一天到晚想做自己的事情，現在只要用心帶小孩就好，現在帶好，以後妳會比較輕鬆。

育兒四年的我，現在逐漸感覺到養小孩的確就是如此。
「媽媽的無我」對我來說，比「媽媽的自我」更受用。

小福從幼稚園下課，我去接他……

我剛剛去游泳喔，
然後又洗澡，你聞聞看，
有沒有香？

我要香妳！

「聞」的法文是sentir，
很像「香」的發音，所以這
兩個字小福會搞混。

好香喔！
跟花一樣，
媽媽妳是一朵花

我馬上雙手如花盛開，
表演出一朵三八阿花狀，一動也不動地站
在路上。

小福思考了一下然後說：

[三歲一個月]

我説呀....

養小孩的生活比我想像中更加瑣碎勞累。

當初以為一邊照顧嬰兒一邊寫專欄應該是一件很簡單的事情，而且一個月只需交一回稿子，對我來說應該游刃有餘。

但其實不然。

育兒生活的前三年，我幾乎沒有好好睡過覺，整天渾渾噩噩地帶小孩，腦筋遲鈍經常一片空白。原本那個用來寫作畫圖的頭腦在長期睡眠不足的狀態下已經沒辦法連續思考，被高需求的兒子一再攪亂的思緒完全無法集中創作。所以今天回頭來看自己曾經寫過的專欄，想起來真是不簡單。

一方面感謝媽媽寶寶雜誌的邀稿，而且我還曾經因為太累而中斷過好幾個月，但是她們仍舊體諒我的情況給予我最大的寬容。

另一方面，感謝我自己很盡力地度過那一段想睡而無法睡覺的日子，不管心理上、生理上都超越了以前的極限。而這樣緊繃的生活中我還健康開心地一關一關度過，我給自己鼓掌！

甘願從原來自由自在的人生毫無怨言地跳出來成為有責任的媽媽，這段過程跟孩子成長一樣地重要。作為一個媽媽需要許多學習，尤其需要改變自己舊有的習慣非常不容易。我並沒有在每一個過程都做得很好，甚至還有錯誤，但幸好兒子一直用他有趣的成長和抱很緊的親親來肯定我，我就這樣一直被鼓勵著。

玩具小家庭的生活除了我跟兒子的熱情演出之外當然不能缺少第二男主角阿福爸爸的努力。

公公Henry、婆婆Colette同時擔任了重要的男女配角增加故事的豐富性。

我們家人數不多，但陣容十分堅強！

在書的最後，我要謝謝我在法國的家人，你們是我在法國生活最重要的支柱，這本書的每一個故事都是因你們而產生。

感恩！

Merci à vous, ma famille française! Vous êtes toujours là pour me soutenir et vous êtes les plus importants pour moi en France. Les histoires de "La vie de La PETITE FAMILLE TOYES" sont nées grâce à vous.

Je vous aime !!

((((bisous))))

LOCUS

LOCUS